冈本绮堂 幽霊の観世物
おかもと きどう

冈本绮堂惊悚篇

[日]
冈本绮堂
著

尹宁
译

江苏凤凰文艺出版社
JIANGSU PHOENIX LITERATURE AND ART PUBLISHING

图书在版编目（CIP）数据

幽灵棚子：冈本绮堂惊悚篇 /（日）冈本绮堂著；尹宁译 . -- 南京：江苏凤凰文艺出版社，2024.10
ISBN 978-7-5594-8659-2

Ⅰ.①幽… Ⅱ.①冈… ②尹… Ⅲ.①短篇小说 - 小说集 - 日本 - 现代 Ⅳ.① I313.45

中国国家版本馆 CIP 数据核字 (2024) 第 094821 号

幽灵棚子：冈本绮堂惊悚篇

[日] 冈本绮堂 著　尹宁 译

责任编辑	白　涵
特约编辑	王世琛
封面设计	人马艺术设计·储平
出版发行	江苏凤凰文艺出版社
	南京市中央路 165 号，邮编：210009
网　址	http://www.jswenyi.com
印　刷	万卷书坊印刷（天津）有限公司
开　本	880 毫米 ×1230 毫米 1/32
印　张	6.75
字　数	163 千字
版　次	2024 年 10 月第 1 版
印　次	2024 年 10 月第 1 次印刷
书　号	ISBN 978-7-5594-8659-2
定　价	49.90 元

江苏凤凰文艺版图书凡印刷、装订错误，可向出版社调换，联系电话：025-83280257

序　半七介绍状

明治二十四年[①]四月的第二个周日，有个年轻的报社记者，去浅草公园弁天山的冈田熟食店吃午饭。正逢繁花盛开的周日，游人如织。店里也挤得客人们的餐具几乎要碰到一起。

记者旁边坐了个看起来很精神的老人，约六十岁，面前摆了几样菜。店里人多，女侍者忙着招呼等候多时的客人，疏于上菜。记者不喝酒。旁边的老人面前摆着一个酒壶，但他并不多喝，只是打发时间的样子，不时拿起酒盅抿一口。

正逢赏花时节，店里的其他客人兴致很高。醉酒的男人、嬉笑的女人，简直热闹过头，有些乱哄哄的。不喝酒且一个人来店的记者，只好呆呆地傻坐着。旁边的老人也是一个人来的，趁着等菜，同记者搭话："真是热闹啊。"

"是很热闹。今天天气好，花也都开了。"记者回答。

"你不喝酒吗？"

"是的。"

"我年轻时还能喝点儿，上了年纪就不行了。摆这个酒壶不过是打发时间罢了……"

[①] 即1891年。——译者注（后文如无特殊说明，均为译者注。）

"平时就算了,赏花时节不喝点儿可不行呢。"记者说。

"或许吧。"老人笑了,"不过你看戏里,赏花时节喝得醉醺醺的家伙,多数是些被侍女厌恶的角色,涂白脸的美男子就不那样。你也是个二枚目①般的美男子,喝得脸通红可不行哪,啊哈哈!"

这样一番寒暄,两人熟识起来,老人开始讲些浅草旧事。老人中等身材,颇为瘦削,风采雅致,说一口流利的江户方言,毫无疑问是江户下町②人。在那个年代,还常能看到这样的老人。

"您住在下町吗?"记者问道。

"不,我住在新宿附近……以前倒是在神田住过,十四五年前,搬到了山手地区边上。唱马子呗③的开启了新时代,江户子④也不见踪影啦。"老人笑着说。

深入聊下去才知道,老人生于文政六年⑤末,时年六十九岁。记者见他很年轻的样子,吃了一惊。

"哪里,已经不年轻了。"老人说,"毕竟年轻时就胡来,一点儿也不爱惜身体,越上年纪就越不行了。已经没有那个精神头儿了。不过,值得庆幸的是,嘴和脚还算利索,今天没拄拐杖,就从山手出发,徒步拜了观音。其实是为赏花,顺道拜了观音。哎呀,这话若被观音菩萨听了,要遭报应的。"

边聊边吃完饭,两个人一起走出店,老人仰头看着明媚的天空。

"啊,真是个好天气,这样春和景明的赏花日不多见。我现在想去向岛转一圈,如果你不介意,要不要一起去?偶尔也陪陪上了

---

① 歌舞伎表演中的美男角色。
② 商业、手工业者居住区,在东京特指下谷、浅草、神田、日本桥等老城区。
③ 劳动者拉劳作或驮重物的马时唱的歌。
④ 江户是东京的旧称,江户子指土生土长的东京人。
⑤ 即1823年。

年纪的人。"

"好的,请让我一起去吧。"

渡过吾妻桥去往向岛,那里也熙熙攘攘的。两人边从繁杂人群中穿过,边说着话向前走。记者什么也吃不下了,但老人似乎很想请年轻的同行者吃东西,于是就在言问团子①喝茶休息。老人的腿脚实在利索,记者跟着他一路走到了梅若。

"怎么样,乏了吗?和老年人一起更添一层累吧?我年轻时也这么想。"

从长堤折返,二人又回到浅草,老人邀记者去道别路上的鳗鱼店。在奴鳗鱼二楼,吃了蒲烧鳗鱼。从店里出来时,宽巷中的春灯,已沉入薄薄的雾霭。

"黄昏的钟声已经敲响,接下来就是你们年轻人的世界了。老人家我就此别过了。"

"不,我也直接回家。"

老人家住新宿附近,记者家在麹町,两人回去的方向一致,就在某寺庙前合乘一辆人力车。车上聊了一会儿,记者在半藏门附近和老人道别。

老人请吃了言问团子,又请吃了蒲烧鳗鱼,末了还支付了人力车费,年轻的记者觉得过意不去,于是在接下来的周日,带着伴手礼去拜访老人。老人家与其说在新宿,其实更靠近淀桥,那时还完全是郊外的模样。记者按照前几日问来的地址,找到了老人的住处,庭院相当宽广,住房却仅有四间②大小。老人和一个老妈子在此过着闲静的生活。

---

① 向岛一家创业于江户末年的糯米团子店,名字取自在原业平游东国时吟诵的一首和歌。
② 日本古代长度单位,一间约为1.8米。

"哎呀，辛苦你过来。这地方一般除了去堀之内拜祖师①，都不会有人来……"老人高兴地迎着记者。

两人就此结缘，记者时常去老人家做客。老人给年轻的记者讲了很多过去的事情。老人自江户时代以来久住神田，妻子去世后搬来此地。有个养子在横滨做生意，如今靠养子给的钱过活。老人说他在江户时代是做家具生意的，但对自己的过去说得不是很多。

老人有个朋友，在町奉行所做捕吏，即所谓的冈引②，老人从朋友那里听来很多捕物的故事。

"我不过是转述他人的故事而已哦。"

如此声明后，老人就讲了些成为《半七捕物帐》材料的故事，年轻记者将其一一记录下来。读者诸君看到这里，应该能够猜出我就是那个记者，只是老人本名并不叫半七。

老人讲的故事，到底是他听来的，还是假托他人之口讲自己的事，恐怕只能任诸君想象了。只是他本人强调都是听别人说的。老人于明治三十七年③秋天，以八十二岁的高寿去世。

我时常被人问起，《半七捕物帐》中的半七老人是不是真的存在。如前所述，我无法明确回答是，也无法说否。若真如老人所说的，他的故事都是听来的，那半七的原型应该另有其人。但无论如何，我小说中的半七，是以这位老人为原型写成的。至于书中的地点等其他信息，则视情况而定，有所变更。

《半七捕物帐》中的故事，并非全部是老人讲的，也有一些从

---

① 在日本，祖师指各宗派的创始人，通常特指日莲宗的鼻祖日莲上人。日莲宗的妙法寺位于今东京都杉并区的堀之内。
② 江户时代的捕吏，隶属町奉行所，为与力（江户时代的中下层武士）、同心（江户时代的下层官员）的手下，负责搜捕犯人。
③ 即1904年。

他人那里听来的。因无法一一介绍都是谁讲了这些故事,因此全都假托出自这位老人之口。

目录

1　诡宅侍女

25　同行的亡灵

69　逢魔时刻的酒酿婆

93　披肩蛇

127　猫骚动

149　半钟怪

173　幽灵棚子

幽灵棚子：冈本绮堂惊悚篇

奥女中

诡宅侍女

原本就安静的宅邸,在夜晚更添一重静寂、隔壁房间的榻榻米上却传来很轻的脚步声。

阿蝶全身的血液都在一瞬间凝固了,连忙紧紧裹住被子,俯在枕头上。黑框室内隔门突然被拉开了,和服下摆拖曳在地上的声响细细地传到枕边。阿蝶屏住呼吸。

来人站在昏暗的行灯旁,透过白色蚊帐窥看阿蝶的睡颜。

阿蝶觉得已然死了一半,死死抓住被子想,来人接下来要生吸她的血呢,还是啃她的骨头……

一

结束为期半个月的避暑旅行回到东京,依旧是八月盛夏。我带了点儿旅行途中买的土特产,去拜访半七老人。老人说刚从澡堂回来,正坐在缘廊的蒲团上扇扇子。清凉的晚风吹入庭院,邻居家的窗边传来蝈蝈的叫声。

"果然还是蝈蝈声,最有江户风情啊。"老人感慨,"虽说蝈蝈最便宜,在虫子里属下等,但总比松虫或铃虫更有江户的味道。路人如果在谁家窗檐下听到蝈蝈声,就会自然地想起江户的夏天呢。这话若被卖虫子的听到要不高兴了,但松虫、草云雀这些,价格虽高,却终究不够江户。用现在的话说,最有庶民感、最有江户感觉的,当数蝈蝈。"

老人今日讲着虫子的话题,对三钱就能买一只、不过是小孩玩物的蝈蝈大加赞赏。随后又说:"你如果养虫子,也要养蝈蝈。"聊完虫子,又说到风铃,最后说起今夜正是新历的八月十五夜。

"新旧历不同,八月还是这么热呢。这要是旧历的八月,早晚就一下子变冷了。"

老人又谈起旧时赏月的事,其中还提到了这样的事,为我的笔记新添一则故事——

文久二年①八月十四日傍晚，半七比平时回家早，吃过晚饭，想去旁边的无尽会②看看，却碰到一个四十来岁的女人，她盘着小丸髻，满面愁容。

"大人，许久没遇到您了，一向可好？"

"噢，是阿龟太太啊，好久不见。新帮手阿蝶不错吧？那孩子一看就是能老实工作的样子，这下你可以放心了。"

"不，其实今夜叨扰，就是为了阿蝶的事，这事您务必要帮我一起想想法子。"

看着四十岁女人额上的皱纹，半七大抵能想象阿龟找他有何事。阿龟和今年十七岁的女儿阿蝶，在永代桥边开了家茶铺。阿蝶生得端庄美丽，虽然有些寡言少语，但足以招揽年轻的客人来喝茶。阿龟也为生了这么个美丽的女儿自豪。这样的女儿能有什么事端，半七大抵猜得出来。肯定是一向孝顺的阿蝶，找到了对自己来说更重要的人。做生意归做生意，阿蝶要是恋爱了，倒也不值得她娘唠叨，半七心想。

"是什么事呢？阿蝶怎么了？还真是让为娘的操心啊。算了，只要不太出格，您也看开一点儿。年轻人嘛，要是没点儿有趣的事，赚钱就没劲了。您应该记得自己年轻过吧，可不能对阿蝶太啰唆。"半七笑着说。

阿龟听到这番话，却丝毫未露笑容，只是木然看着他的脸回话："哪儿有的事啊，大人。完全不是您想的那样……要是恋爱，正如您说的，可能我也就睁一只眼闭一只眼了。可是这事实在是让人发愁啊……阿蝶也是哭得发抖呢……"

---

① 即1862年。

② 一种按期平均缴款、分期轮流用款的民间互助组织。

"听来真是奇怪，到底是怎么回事？"

"我女儿经常会不见踪影……"

半七又笑了，年轻的茶铺姑娘有时不见踪影，这听起来好像不是什么大问题。阿龟见状连忙解释："不是的，和男人没有一点儿关系……请您听我说。那是发生在五月初庆祝开河的花火大会之前的事。有个仪表堂堂的武士，带着同伴从我们茶铺经过，突然看到我女儿，两人就晃进了店。喝茶休息了一会儿，放下一朱①茶钱走了，真是很好的客人。过了三日左右，那个武士又来了，还带了个看上去是宫廷里出来的三十五六岁的优雅女性。两人应该不是夫妻。那个女人问了阿蝶的名字、年龄等，也放了一朱茶钱就走了。再过了三日左右，阿蝶就不见了。"

"嗯！"半七点头道。

莫不是人贩子，扮作有身份的武士和女人，专门拐那些容貌秀丽的女孩？半七心想。

"你女儿自那以后就再也没回来吗？"

"不，过了十日左右，阿蝶在傍晚天快黑的时候，脸色惨白地回来了。我稍微放心了，细细问她经过。最初阿蝶被掳走时，也是傍晚时分，我在茶铺收拾，阿蝶自己先回家了。经过滨町河岸的乱石堆时，突然从石头后面出来两三个男人，一下子抓住阿蝶，用东西塞住她的嘴巴，又把她的手绑起来，遮住她的眼睛，然后把她硬推进一顶轿子，不知道抬到了什么地方。我女儿被恍恍惚惚地摇晃着，无法判断行进的方向，只知道似乎进了个大宅子，连离得是远是近，也记不清楚了。"

---

① 江户时代的金币（使用黄金和少量铜铸成的货币）单位。

到了地方，阿蝶被带到宅子深处，坐在房间里。三四个女人出来，帮她把嘴里的东西和眼罩拿掉，又把她手上的绳子解开。最后，之前在茶铺里见过的女人出来了，温柔地对阿蝶说："您一定受惊了，不用担心，也不用害怕，只要安静地按照我们说的做就可以。"年轻的阿蝶过于害怕，甚至无法好好回答。女人见状，多安慰了她几句，让她先好好休息，马上有茶和点心呈上来。后来又说让她去洗澡，于是由侍女带路，阿蝶恍恍惚惚地去了汤殿[①]。

洗完澡，阿蝶又被带去另一间宽阔的房间，里面铺着厚实华美的坐垫。壁龛的花瓶里插着抚子花，造型优雅，墙上挂着一把琴。已经头晕目眩的阿蝶不知所措。

此时那个在茶铺里见过的女人又出现了，让人把阿蝶的头发盘起来。于是其他侍女前来给阿蝶盘发。她让阿蝶换上和服，女人们又忙着把架子上挂的艳丽的振袖[②]拿来，披在阿蝶瑟缩的肩上，扎上织锦般厚厚的腰带。这样装扮过的阿蝶，宛若重生。见她只是不知所措地站着，众侍女拉她坐到蒲团上。接着又有小矮桌搬上来，放在阿蝶面前。桌子上放着两三册装帧华丽的书。侍女们又搬来香炉放在桌子旁边，香炉缓缓飘出轻淡紫烟，萦绕身畔，阿蝶几乎要醉在那香气中。丝质行灯[③]上画着秋草图案，照得房中很不真实，阿蝶宛如置身梦中。

侍女们打开一册书，教阿蝶俯身做出读书的样子。魂魄已经丢了一半的阿蝶，只知道别人说什么就做什么，完全没了反抗的气力。此刻的她只是一个人偶，按照他人的意志表演。她老老实实地朝向

[①] 洗澡间略古风的说法。

[②] 和服的一种，袖子长，风格较为华丽。

[③] 室内用的方形纸罩座灯。

书本，说了句"好像有点儿热"，就有一名侍女在身旁柔和地扇起绢制团扇。

"不能说话哦！"茶铺里见过的女人提醒阿蝶，阿蝶只好不自在地坐着。

终于，外面的缘廊上传来轻轻的脚步声，好似来了三四个人。见过的那个女人提醒阿蝶不能抬头，阿蝶只听见靠缘廊侧的移门被轻轻地拉开了一点儿。

"不可以看。"女人又小声叮嘱。

到底是什么恐怖的东西在看自己呢？阿蝶吓得缩着身子，一个劲儿地盯着桌子。移门无声地关上了，缘廊上的脚步声也渐行渐远。阿蝶放松下来，才发觉腋下冷汗如雨。

"辛苦你了，"女人安慰道，"现在应该可以放松一下了。"

之前晦暗不明的行灯立刻被点亮，房间里顷刻亮了许多。侍女们传来晚饭的菜肴，恭敬地对阿蝶说："已经过了饭点，您应该饿了。"阿蝶坐在莳绘①餐具装的精致美食前，胸中却像压了一块大石，什么也吃不下。她对着众多美食，几乎没怎么动筷子。勉强用过晚饭，之前见过的女人对她说最好再休息一下，就站起身来。众侍女便撤去餐盘退下了。

只剩阿蝶一人，她才如梦初醒，怎么也想不明白。难道是遇上了狐妖？这里的人究竟为何要带她过来，让她穿美丽的和服、吃美味的食物，让她住这样壮观的宅邸，又如此精心服侍呢？会不会像戏曲或净琉璃②里唱的那样，是要她做谁的替身被斩首呢？阿蝶不由得开始怀疑。

---

① 日本传统工艺，在漆器上以金、银、色粉等材料绘制纹样装饰。

② 日本古典剧种之一。

无论如何，这样阴森可怕的地方，阿蝶一刻也待不下去，只想快点儿逃走。但要往哪里逃呢？实在没有方向。

"如果能去庭院，说不定能找到出路。"

阿蝶忖度着，拿出毕生的勇气，屏住呼吸，在榻榻米上匍匐向前滑动，然后用颤抖的手拉开一点儿移门，却迎面碰上一名侍女。阿蝶吓得呆住，对方却说："如果想去厕所，我来带路。"来到缘廊上，可以看到宽阔的庭院。这是个没有月亮的夜晚，可望见二三流萤在漆黑的树木间飞舞，远处传来猫头鹰的叫声。

待她回到原来的房间，有人不知什么时候铺好了床。床上吊着白色蚊帐，看起来很清凉，蚊帐上绣着大雁图案。见过的那个女人又从不知什么地方出现，说道："休息吧。先提醒您一下，晚上无论发生什么，一定不能抬头。"

说完阿蝶便被牵着带入蚊帐，盖上雪白的棉被。此时响起了四时（晚十点）[①]的钟声。女人们幽灵般的脚步声再度消失。

真是恐怖的一夜。

[①] 江户时代使用不定时法计时，将一天分为十二个时段。日出到日落之间六等分，日落到日出之间同样六等分。全书延用原文的计时方式，并括注现代计时方法对应的时间。

二

瑟瑟发抖的阿蝶自是无法安睡。平生从未碰触过如此柔软的被褥，那触感和气味，反而让她生出异样的感觉，仿佛在空中飘浮，不得安心。加之这夜十分闷热，阿蝶的额头和脖子上大汗淋漓，黏腻得很。她的头沉重地搁在有长长的红色流苏的枕头上，辗转反侧。

就这样，阿蝶记不清过了多长时间。原本就安静的宅邸，在夜晚更添一重静寂，隔壁房间的榻榻米上却传来很轻的脚步声。阿蝶全身的血液都在一瞬间凝固了，连忙紧紧裹住被子，俯在枕头上。黑框室内隔门突然被拉开了，和服下摆拖曳在地上的声响细细地传到枕边。阿蝶屏住呼吸。

来人站在昏暗的行灯旁，透过白色蚊帐窥看阿蝶的睡颜。阿蝶觉得已然死了一半，死死抓住被子想，来人接下来要生吸她的血呢，还是啃她的骨头？却听到衣服窸窸窣窣的声响消失了。仿佛从噩梦中醒来，阿蝶用寝衣袖子擦着额头的汗水，向外窥探，门和之前一样关着，房间里安静得连蚊帐外蚊子的声音都能听见。

待到黎明将至，有些凉爽时，从天黑起就精神紧绷的阿蝶终于撑不住了，迷迷糊糊地睡了过去。醒来看见昨夜的侍女们都已举止得体地等在枕畔，随后替阿蝶换上和服，端来带莳绘的洗脸盆给她洗脸。用过早饭，见过的那个女人又出现了。

"您可能会觉得拘束,请再忍耐一下。若是太无聊,要不要去院子里散步?我来带路。"

于是左右侍女扶着,带阿蝶进入宽阔的庭院。穿行在植物间,只见一个巨大的池塘,上面浮着绿色水草,四周长满青色的芒草和芦苇。有个侍女告诉阿蝶,这个古池底住着大鲇鱼,阿蝶又是一惊。

"嘘,"见过的女人突然提醒道,"看着池子,不要往旁边看。"

意识到又有什么在打量自己,阿蝶突然全身僵硬,只得盯着眼前藏着大鲇鱼的池水,一动不动。总算等到警戒解除,女人们才又走动起来。

回到原来的房间,阿蝶被允许休息一会儿,侍女们给她拿来了草双纸①。午饭后,又有女人来抚琴。炎炎初夏,却不能打开靠缘廊的门,室内的隔门也必须关着。这徒有其表的华美房间,对阿蝶来说如同牢狱,长日漫漫。到了傍晚,又同前一日一样,阿蝶被带到汤殿沐浴,回来被换上和前夜不同的寝衣。点着灯,坐在几案前。看起来,今夜不像有人要来的样子,但阿蝶还是放心不下。

"不知今晚会不会有什么东西前来。"阿蝶想。

阿蝶这晚也是四时就担惊受怕地进了蚊帐。这晚天刚黑就下起细雨,池塘里的蛙不时呱呱叫着。阿蝶依然睡不着。正觉夜越来越深,却见枕畔行灯的火不知是风吹的还是人为的,微微变暗了。阿蝶努力通过仅有的一点儿光线窥探,只见从室内隔门进来一个白影,形象模糊,茫然、彷徨地站在白色蚊帐旁。

"啊,幽灵……"阿蝶慌慌张张地盖紧被子,在心中默念平时信仰的诸神,要观音菩萨、水天宫神仙等都来救救自己。过了大约

---

① 江户时代的通俗插图小说。

小半个时辰，她战战兢兢地窥看，白色的影子已经不见了，不知从何处传来了第一声鸡鸣。

天亮后，一切和昨日一样。洗脸，盘发，化妆，用过早饭去庭院散步。到了晚上，又坐在几案前，进入蚊帐，枕畔又来了幽灵。阿蝶在拘束与恐惧的昼夜交替中度过了七八日，自己也变得幽灵般瘦削、衰弱。

"与其这么痛苦，还是死了好。"

既有了这般觉悟，阿蝶终于向见过的那女人哭诉，要求回家一次。女人很为难，但见阿蝶意志坚定，怕再坚持她会投池自尽，总算在第十日的傍晚，准许她回家一趟。

"万万不可向他人讲此地的事情。过些时日还会去接你，到时候请务必前来……先拜托了。"女人嘱咐道。

不答应，是断不会让她回去的。阿蝶深知这点，只得违心发誓一定会回来。女人说着"在这里让你各种忧思，着实过意不去"，给了阿蝶一包用奉书纸[1]包着的东西。日暮时分，阿蝶的眼睛被遮住，嘴里塞了东西，乘上来时的轿子。轿子择人烟稀少的道路，沿着滨町河岸摇摇晃晃地走着，到了乱石堆才把阿蝶放下来，抬着空轿子的男人们逃跑般不知去了何处。

阿蝶如同狐妖又幻化成人，恍惚地站起来，这才忽然感到恐惧，一气儿跑了起来。直到回家看到母亲的脸，方如梦初醒。阿龟说莫不是遇到了狐妖，却见阿蝶从怀里掏出来的纸包的东西并没有变成树叶，内有整整齐齐的十枚迷子札[2]般的崭新小判[3]。

---

[1] 一种和纸。

[2] 防止小孩或宠物走失而挂在身上的铭牌，多为金属制的。

[3] 江户时代流通的一种金币。

"啊呀，居然有十两金币啊！"阿龟惊呆了，眼睛瞪得溜圆。无论是如何老实的人，也不可能完全无欲无求。在那个年代，即便做大官的姜室，一个月也未必能领一两月钱。阿蝶却什么都不需要做，每日锦衣玉食，一天净赚一两，再没有比这更便宜的买卖了。阿龟不由得感到高兴。但阿蝶浑身发抖，着实讨厌那差事，表示不要说一两，就是一天给十两，也实在觉得恐怖。其后的半个月，阿蝶一直面色惨白，形同病人般度日。阿龟最初见到钱虽然高兴，但冷静下来一想，也焦虑难安，不怪阿蝶如此抵触此事。

"有了这十两，店里空闲一点儿也无妨。你还是不要在店里露面，就多待在家里吧。"

因不知阿蝶什么时候会被带走，阿龟不再让她在店里露面。到了这月末的一个傍晚，阿龟关店回家，却见本应看家的阿蝶不见踪影。阿龟问左邻右舍，谁也不知道阿蝶去了哪里。必定是被前阵子的那拨人掳去了，但她连去的方向都不得而知。阿龟日思夜想，不得其解。又是在第十日，阿蝶依旧恍恍惚惚地回来了。怀里还是揣着包好的十两金币，其他经过也都跟最初的十日一样。

"原来如此，似乎是桩好买卖，但确实奇怪。阿蝶不愿意去，倒也在情理之中。"半七听完这番经过，微微皱眉道。

"再说上月末，我女儿又不见了。似乎每次都专挑我不在的时候来，不声不响地就把人抬走……阿蝶一出门就乘轿子，又遮着眼睛，实在不知道去了哪里。"

"这次平安回来了没有？"

"没有，这次竟没回来。"阿龟脸色沉了下来，"这次已经过了十多天，竟是什么音信也没有。正当我胡思乱想时，今早家里来了一个女人——就是之前遇到的宫里人模样的女人。她说事出有因，要收了我的女儿,且不能再有来往。事成给付二百两。真伤脑筋啊,给再多的钱,毕竟是自己可爱的女儿,断不能卖的。何况女儿那么害怕去那个地方,未免太可怜了。我虽然拒绝,但对方怎么都不肯的样子。那样一个气派的女官,伏在地上请求,说确实强人所难,但万望应允,让我不知如何是好。我只好说,再怎么样也无法立刻给出答复,要考虑个一两天,那人才肯回去。我说大人哪,这到底是怎么一回事啊?"

阿龟声音颤抖,看起来已走投无路。

三

"那确实让人担心。听你话里的意思,对方应该是某个旗本[①]或大名[②],不过为什么要那样做呢?茶铺的女儿容貌姣好,大名要收了做妾室,也不是不可以。倘若如此,为何不明说呢?让我想不明白。"半七如此寻思片刻,说道,"现在的关键是阿蝶在对方手上,有些无可奈何啊。加之还不知道是哪里的家主,无从下手,真是麻烦啊。"

见半七困惑地抱着胳膊思索,阿龟也六神无主:"女儿从那以后就一直没回来,怎么办呢?"她说着,几次三番用铫子缩[③]的袖子擦拭眼睛,泪水几乎浸湿衣袖。

"不过,那个上门的女官,过个一两日还会再来吧?到时候我也过去,见见对方的模样。说不定到时候就有主意了。"半七安慰阿龟。

"大人您能来的话,我心里就有底多了。这样说虽然自私,但到时候请务必前来。"

阿龟再三叮嘱着回去了。翌日是那月十五,晴空高远,秋风吹拂,

[①] 日本江户时代俸禄在一万石以下、五百石以上(官阶在目见以上),直属幕府的武士。
[②] 日本封建时代对较大的地域领主的称呼,由名主一词转变而来。江户时代指俸禄在一万石以上,直属幕府的藩主。
[③] 江户时代中期流行的产自千叶县铫子市的织物,质地绵密、经久耐用,现为千叶县的非物质文化遗产。

一大早就能听见有人叫卖芒草的声音。半七上午处理完别的事，就于八时（下午两点）左右去了阿龟家。阿龟家在靠近滨町河岸的小巷深处，巷口的蔬菜店堆积着许多芒草与毛豆。近处的大宅邸传来秋蝉的鸣叫。

"哎呀，大人，麻烦您了。"阿龟似是等候多时的样子，迎上来，"恕我心急，我女儿昨晚回来了。"

昨晚就在阿龟找半七商量的当口儿，阿蝶乘着之前的那顶轿子，被送到河边的乱石堆。送她回来前，那个女人叮嘱："详情已经和你母亲讲过，你回家再和母亲好好商量一下。"

这种情况下还能放阿蝶回家，可见对方是明事理的，没有恶意。此时阿蝶因为疲倦，正在里面三叠[①]的房间内昏昏沉沉地睡着。半七把她叫醒，听她更详细地讲了事情经过，依然百思不得其解。从阿蝶的话来看，那处宅邸必然是某个大名的下屋敷[②]，因为不知其具体方向，所以也无从得知是哪位大名。

"说不定会有人来，还是等等吧。"半七定了定心，稳稳地坐等。

这日似乎格外漫长，暮六时（傍晚六点）的钟声敲响，家中各处都变暗了。阿龟拿来供神的酒壶、年糕团子和芒草等，放到缘廊上。晚风吹过芒草，半七仅穿了件单衣，觉得有些冷。已是晚饭时间，半七托阿龟去附近买来鳗鱼饭，又不好吃独食，于是请阿龟母女同吃。

吃过饭，半七拿着牙签剔牙，来到缘廊边，抬头远望。如海般宽阔、碧蓝的天空，被两侧的屋檐切割成不规则的形状。天上不见月亮，但从东方云边镶嵌的一圈淡淡的黄色光芒来看，今夜是有明月的。露水不知何时垂落，在两株因枯萎而显得似乎被遗弃了的夕颜叶片

[①] 一叠约为 1.62 平方米。
[②] 江户时代建于江户近郊的地方大名的宅邸。

上，映出清浅的白光。

"大家都出来看啊，月亮马上就要出来了！"半七大声招呼。

就在此时，外面的沟板①上响起脚步声，似乎有个男人站在门前。阿龟连忙出去看，是个面生的武士。武士确认阿龟母女都在家，说女官来见她们了。

"就当我不在。"半七交代，慌忙穿上草鞋，和阿蝶一起藏到三叠的房间里。从隔门的缝隙往外看，只见来了个三十岁左右，似在内廷工作的女人。

"初次见面，请多指教。"女人礼貌地打招呼，阿龟也畏畏缩缩地规矩回应。

"我就开门见山地说吧，关于贵府阿蝶的事，昨日其他女官也来拜访过，道明了详情。今日派我前来，就是希望您能应允，让我接阿蝶回去。"

女人用郑重的口吻说道。阿龟似是被对方的气势震慑，唯唯诺诺的，竟连像样的客套话都说不清楚。

"事到如今，若您再说不行，我此行就无法交代了，还望您能同意。"

"我女儿昨晚才回家，好像有点儿不舒服，今天一整天都躺着，还没顾上好好商量……"

阿龟试图顾左右而言他，好从这种窘境中脱身，可对方并不买账，又趁势进一步说："这可不行。昨日让阿蝶回来，就是为了让你们好好商量。事到如今却说还什么都没有谈，岂不是白费了我们的一番心意？我也不好就此觍着脸无功而返，请把您女儿叫出来，我们

---

① 脏水沟盖。

三方一起谈吧。请把阿蝶小姐叫来。"

在对方凛然的声音压迫下,阿龟狼狈不堪。女人拿出用方绢包好的两包钱,摆在昏暗的行灯前。

"这是约好的二百两,原封不动放在这里。那么,请您女儿出来吧。"

"这个……"

"若怎么都不答应,我也无法完成使命,就只好在此自尽了。"

女人又从腰带里掏出一把放在袋子里的短剑,仅露出剑柄。在对方锐利的眼神逼视下,阿龟脸色惨白,抖个不停,在这番气势前败下阵来。

"你见过那女人吗?"半七小声问阿蝶,阿蝶沉默着摇摇头。半七略作思索,偷偷潜入厨房,通过水口①窥看房子外面。

小巷内月光皎洁。巷角过去四五家店的当铺库房前,停着一顶街轿②,站着两个抬轿子的人和刚才露过面的武士。半七看了这番情景,又从阿龟家正门进去,然后一言不发,在来的女人面前坐下。女人下巴瘦削,画着淡妆,眼神清冷,鼻梁高挺,梳着宫廷式样的发髻,风貌姿态不输男性。

"叨扰了。"

半七若无其事地打招呼,女人也不作声,落落大方地只等来人解释。

"我是阿龟的亲戚,也听说了阿蝶的事。阿蝶毕竟是要招婿的独生女,您的请求,恕实难从命。"

阿龟吃了一惊,看着半七。半七继续说道:"当然贵府也有自

---

① 引水进厨房的孔。
② 庶民乘坐的轿子。

己的情由。但要人家母女约定此生不再往来，至少也请告知对方家主的大名，这是为人父母的常情。若能告知这点的话……"

"难为您这样说，但家主的名字是不能说的。只能告诉您是和中国①一带有关的大名。"

"您的职位是？"

"我是表使②。"

"是这样吗？"半七微笑着说，"那么，万分抱歉，我们拒绝这桩事。"

女人的眼神锐利地闪了一下："为何不同意？"

"失礼了，因为不中意贵主家的家风。"

"这就奇了，我们主家的家风，您又如何知晓？"女人在座席上支起膝盖。

"在内廷工作的女官，右手小指居然有拨琴弦的老茧，可见贵府的内眷风气一定很乱。"

女人的脸色立马变了。

"打扰了，有人在吗？"

此时，门外响起了昨日那个女官的声音。

---

① 日本的中国地方。
② 武家后官的官职，负责外部官员和武家后官的联络工作。

四

"请进。啊,这边请。"

阿龟慌慌张张地跑去门口,迎接新来的女客。房间里的女人似乎有些踌躇。

"好像有客人来了。"新来的女客说。

"是的。"阿龟回答。

"那么,我改日再来叨扰。"

听闻此言,半七叫住了准备回去的女客:"真是对不住,请您先等一下。这里似乎来了个您的冒牌货,可否过来一看究竟……"

最初来的女人早已脸色大变,但似乎又有了勇气,突然笑嘻嘻地说:"大人,我一时眼拙没看出来,失礼了。从刚才开始,我就觉得您不是一般人。这不是三河町的捕吏大人嘛!演不下去了,我还是把头巾[①]拿下来吧。"

"我就猜到是这么回事。"半七也笑了,"其实我去前门看过,大名家少有用街轿接人的。后宫女官手指上居然有琴茧,看起来似乎是戏班出身。你们到底是什么来头?虽然扮得好、演得好,但这样的表演可一点儿都不光彩啊。"

---

① 此处应该是指代表官衔的帽子。

"真是抱歉，"女人微微低头，"这个表演着实有些难，但寻思着只要有胆量，可以一试，就强撑到现在，可终究敌不过大人您。既然如此，只好招了。我生在深川，母亲是教人长呗①的师傅。"

演戏的女人名叫阿俊，母亲从她小时候起就致力于教她长呗，希望后继有人。阿俊却在长大一些后就不务正业，勾搭男人，为此母亲不知哭过多少回。最终阿俊从深川的老家出来，经上州，又去了信州、越后，做行旅艺伎。这两三年回到江户，却得知深川的母亲已经去世。因为附近还有些故人，阿俊遂开始做教长呗的师傅，虽然也有些弟子，但因生性玩世不恭，阿俊无法就此安分。她依旧和不着调的男人纠缠不清，还为了钱跟男人设计些"仙人跳"之类的圈套，也去澡堂偷过人家的贵衣服②。最近又从附近鱼店那里听来了阿蝶的事。

鱼店的店家和阿俊素来交好，那家的女儿又和阿龟关系不错，阿蝶被莫名拐走的事，就自然传到了阿俊耳朵里。阿俊知道阿蝶长得漂亮，因此起了歹意，想用这番手段拐卖阿蝶。她和身边使唤的叫安藏的家伙一商量，两三日前起就在阿龟家附近转悠。据打探的情形看，阿俊知道那主家想请阿蝶毕生奉公③，也知道阿蝶昨晚回来了。于是阿俊将安藏装扮成同行的武士，自己化装成内廷女官，妄图接走阿蝶。她此前摆出来的二百两钱，自然也是假的。

"毕竟是突然拐人的急活儿，磨磨叽叽的话，说不定人就被真的宫里头的人接走了。急急忙忙一番准备，连个像样的轿子都来不

---

① 日本近代的一种乐曲形式，多为数人演唱、三味线伴奏。
② 江户时代常出现的一种偷盗伎俩。偷盗的人自己穿些破衣烂衫去澡堂洗澡，然后穿着别人的华服出来，借此把高价的衣服偷走。
③ 原指为国家和朝廷奉行公事，也指为特定的主君、主人服务。

及找，让您见笑了。"阿俊不愧是惯于作恶的人，一口气全说了。

"那我全明白了，"半七点头道，"你做的这些勾当，既然被我半七看见了，就不可能说一句'原来如此啊'便简单放过。对不住，跟我走一趟吧。"

"真是没办法啊，哎呀，还请大人可怜，饶过我这回。"

阿俊说，要是这副样子被带走，就像是在进行拙劣的表演时被人抓了个正着，还请让她回家拿件浴衣。半七虽觉得她说得在理，但不想就此放过，说着"总而言之得去所里一趟"，拖着阿俊就要走。从刚才开始就站在门口的那个女官进来了，说："这件事若传出去，实在有损主家名誉。幸好没给谁造成实质的麻烦，我原谅这个女人的罪过，也请大人高抬贵手吧。"

在女人的再三请求下，半七也不好坚持。他察觉女人似有隐情不肯说，最终放过了阿俊。

"大人，谢谢您。有朝一日必会报答。"阿俊说。

"报答就不必了，以后不要再惹麻烦。"

"是，是。"

阿俊全没了刚才扮演宫中贵人的模样，獐头鼠目地走了。如此，冒牌货的真面目水落石出，本尊的身份还不分明。但事情已经闹到这步田地，来的女官似乎也看出来，如果继续隐瞒，只会徒增疑窦，若不坦诚商量，事情恐怕要不成了。于是对着半七和阿龟，将秘密诚实地和盘托出。

和阿俊那个冒牌货不同，她的确是在某大名江户的宅邸任职的女官。主人从江户回了北方的领地，但内眷必须留在江户宅邸。大名的妻子有个心爱的女儿，容貌气质绝佳，但这位美丽的公主殿下在年满十七岁的今年春天，不幸染上天花去世，葬于菩提所①的石头下。遭遇如此不幸，大名的妻子就这样疯了。无论是找人来祈祷还是治疗，都没效果。大名的妻子只知道没日没夜地叫着公主的名字，哭着发狂说"请让我再见女儿一次"。宅邸上下都束手无策。那份痛楚见者都会不忍，于是家中武士、女官等商量后，决定找个和公主长得相似的姑娘，装扮成公主的模样，看看这样能否稳定她的心神。但若这事被世人知道，就会成为主家之耻。因此只好暗中派两三个人分头寻找。

那时候的人都很有耐心。一番找寻，就有武士意外地在永代桥的茶铺见到了阿蝶。无论从样貌还是年龄来看，阿蝶与公主都很相近，因此武士又带女官雪野去茶铺确认。不知道阿蝶是幸运还是不幸，总之就这么被相中了。

总算找到了合适的人选，就怎么把阿蝶带来一事，宅邸内却分了两派。温和的一派认为，强行将别人家的女儿带走，本质上和拐卖人口是一样的，不如私下向对方讲明情况。另一派却表示反对，说对方毕竟是茶铺家的女儿，再怎么预先封口，到底能否保守秘密，总归是个未知数。万一日后有什么事牵扯不清，就麻烦了。趁其不备直接带走，虽说做法阴险了些，但到底能保证主家无事。不管怎么样，主家的事是绝不能传出去的。最终后者的意见占了优势，于是担此重任的武士们，不得不做出那与身份不符、形同拐卖的勾当。

煞费苦心的谋划，究竟没有白费。发疯的大名妻子，白日黑夜去偷看女儿的替身阿蝶，似乎以为死去公主的魂魄被唤回世上，然后就像忘了那事一般，安静下来。只可惜好景不长，几日不见阿蝶，

---

① 日本人安置祖先牌位，祈求冥福的寺院，也称为菩提寺。

大名的妻子又开始叫着"让我见见公主",发起疯来。但又不好无限期地囚禁别人家的女儿,宅邸内的人们颇为苦恼。

就在这时,又发生了一件事。这年七月,幕府发布了一条新政令,表示诸大名的妻儿可以回到自己的故国,各藩①众人因此都很高兴。诸大名的妻儿常年住在江户,形同人质,一朝得返,自是纷纷逃跑般地回到了故里。这个大名的妻子自然也要回去,只是万一归途中又发疯该怎么办?回去了还是这般情形又将如何?这件事仿佛一块巨石,沉重地压在众人心中,大名家内部再度争论起来。争论的结果,就是要带阿蝶一同回遥远的故国。

这次一去,就意味着永不回来。大名家决定,不能独断地将他人的女儿带走,希望和阿蝶本人及亲属商量后,让阿蝶承诺毕生奉公,再将其带走。女官雪野负责完成这个使命,今天也是来请求阿蝶母亲同意的。若能早言明真相,阿蝶母女这边也好考虑,但一心为了主家之事的雪野,事事要保密,使得阿蝶和母亲越发不敢应承。末了,还半路杀出个阿俊这号冒牌人物,让事情变得更加复杂。

听完此事,半七也不由得同情为孩子而发疯的母亲、为母亲能平复下来而努力的家臣们,因此也不好再多说雪野一行。

藏在三叠房间里的阿蝶,听了前面这番话,终于匍匐着出来,脸上挂着同情的泪水,擦着眼睛说:"这下我都明白了。妈妈,若这样的我能帮上忙,请让我跟着同去吧。"

"啊,您真的答应了?"雪野握着阿蝶的手,诚惶诚恐地说。

明月转到了南边的天空,皎洁的月光透过庭院,照进屋子。

---

① 各大名的领地。

"阿蝶母亲也应允下来,决定让女儿奉公。"半七老人说。

"后来大名家又说,不如连母亲也一起去吧。考虑到阿龟在江户没有近亲,且上了年纪,还是和阿蝶做伴比较好。于是,最终阿龟母女二人一同去了遥远的藩国。大名家似乎还在城里给阿龟置办了一处房子,让她悠闲地度过了晚年。到了明治年间,那位大名的妻子去世了,阿蝶这才得以恢复自由身。听说得了大名家给的丰厚报酬,嫁了门当户对的人家,可能现在还在世吧。阿俊那家伙因为品行不端,终于在江户混不下去,流落到骏府,听说在那里受到了惩处。"

津の国屋

同行的亡灵

那夜雨淅淅沥沥地下着,阿米撑着伞急忙地回去,路上高齿木屐的带子突然断裂了……却见从伞的阴影处浮现出一个年轻女孩雪白的脸,低声道:"津国屋要完了哦!"

一

秋日黄昏，题目太鼓①声响。这常见的器乐声，与此情此景最为相称，侧耳倾听间，有些寂寞浮上心头。

"七偏人讲百物语②，正是这样的夜晚吧。"我说。

"是的，"半七老人笑了，"那里面的故事虽然是编造的，但百物语这东西，可是自古就有哦。江户时代，也是怪谈无端流传的时代。无论在戏剧里还是草双纸里，怪谈可是要多少就有多少啊！"

"在你们的行当里，肯定也有不少怪谈吧？"

"真有不少呢。只是我接触的事件里，最终看来属于怪谈的不多。大都慢慢地成为别的事件，真是让人头疼啊。我还没有跟你讲过津国屋的故事吧？"

"是的，还没听过。是怪谈吗？"

"是怪谈，"老人认真地点头，"且发生在赤坂，不是我直接经办的，是桐畑有个叫常吉的年轻人办的案子。我因承蒙常吉的父亲幸右卫门照顾，所以暗地里帮了那年轻的捕吏一把，或许故事里

---

① 日本日莲宗徒唱诵题目时敲打的太鼓。此处的题目特指《南无妙法莲华经》。
② 出自梅亭金鹅所作的江户末期滑稽本，故事中有七偏人进行百物语的情节。七偏人是梅亭金鹅作品中的七个江户游民。百物语是日本的一种游戏，多在夏天的夜晚举行。众人聚在一起，点上一百支蜡烛，轮流讲怪谈故事；每讲完一个故事便吹灭一支蜡烛，传说吹灭所有蜡烛，就会出现妖怪。

有遗漏的部分。总之，那个案子错综复杂。乍听会觉得是无稽之谈，但的的确确是真实案件。你就带着这个预期听吧。事情发生的时间嘛，虽说是过去，也不过三四十年前，那时的世界，大不同于今日。今人无法想象的事，在当时的确时有发生。"

赤坂的里传马町，有个教人常磐津[①]的女师傅，叫文字春。弘化四年[②]六月中，文字春去堀之内拜祖师，拖着疲惫的双腿回来，走到四谷的大木户时，正是傍晚。从赤坂到堀之内的路很长，文字春因为一人独行，尽可能选择走繁华大道。正值炎炎夏日，文字春先前已在一家名叫信乐的店里稍作休息，躲过当空日晒，等到走入江户城时，已过了暮六时半（晚七点）。白昼虽长，到了这时已经天黑。

忍受着甲州街道的沙尘，擦着领周让人不快的汗水，文字春着急地走在四谷的大路上，却见身后跟了个十六七岁的女孩。

"小姑娘，你要去哪里？"

这个女孩从刚才起就走在文字春附近，一会儿在前，一会儿在后，片刻不离。天色昏暗，文字春看得不是很分明，借着路边店头的光线望去，见对方是个面色苍白的瘦削女孩，梳着岛田髻，穿件半大不小、白底染抚子花图案的浴衣。

只是这样倒没什么，可女孩挨着她走得很近，仿佛是和她同行的人。文字春有些烦扰，但转念一想，或许是年轻女孩自己行路感到寂寞，所以下意识地追着人一起走，便没有特别在意。但由于女孩跟得太紧，文字春终究有些不耐烦，甚至害怕起来。

[①] 一种与歌舞伎同时发展起来的表演形式，与净琉璃一脉相承。有音乐伴奏，表达叙事的方式不是歌唱，更接近于吟诵。

[②] 即1847年。

可对方只是个瘦弱的小姑娘，总不至于是盗匪。文字春今年二十六岁，体格在女人中算强壮的。即便来者不善，冷不防要做什么坏事，也不至于慌乱中就输给对方，自己在气力上占优势。想到这层，文字春也没那么怕了，但女孩紧跟着她，总是无法不介怀。渐渐地，她又多了一层恐惧，想到了不祥之事，已超越"莫不是盗匪"这个层面，朝怀疑女孩是某种魔物的方向去了。是死神、过路的妖魔、狐狸，还是狸猫？文字春已经没办法强装镇定，只把挂着念珠的双手相合，一心念着"南无阿弥陀佛"向前走。就这样相安无事走过大木户，直到进了江户城，文字春才又有了点儿底气。华灯初上的夏日傍晚，还算热闹，两侧也有些町屋①。直到这里，文字春才鼓足勇气向女孩搭话。女孩声音很低，淡淡地回答："是，去赤坂方向……"

"赤坂的哪里呢？"

"赤坂的里传马町……"

文字春又是一惊。如果不是这种情况，对方如此回答，文字春或许还可以说"那正好同路去"，现下却怎么都说不出口。为何这个女孩知道自己回家的方向？文字春惊恐莫名。她左顾右盼地问："你要去里传马町的哪户人家呀？"

"去卖酒的津国屋家。"

"那，你是从哪里来的呢？"

"从八王子来。"

"这样啊。"

问完，文字春又发现了奇怪之处。八王子虽然不是很远，但在那个时代，从八王子到江户的赤坂，也算出远门，可女孩身上没有

---

① 日本古街常见的房屋样式，沿街成排建造，房檐相连，多见于商人及手工业者聚集的商店街。

任何旅行装备。没有斗笠，手上没拿行李，甚至连草鞋[①]也没穿。浴衣的下摆也没有系起来，只穿了双麻里子草履[②]。一个年轻女孩，以如此从容悠闲的姿态，从八王子走到江户，也让文字春满腹狐疑。可是因为已经搭上话，不好就这样逃跑，对方也正缠着自己，多半不会离开。文字春只好鼓起勇气，和这个奇怪的路遇同伴边说话边向前走。

"你在津国屋认识什么人吗？"

"是的，有我要找的人。"

"是谁呢？"

"有个叫小雪的姑娘……"

小雪是津国屋家的宝贝女儿，也是来文字春处学常磐津的弟子。奇怪的女孩来找自己的弟子，令文字春更加忐忑。小雪今年十七岁，容貌秀丽，是町上公认的美女。津国屋家底殷实，小雪的双亲又喜游艺，对师傅来说她是个不可多得的弟子。文字春有些担心自己重要的弟子，于是越发刨根问底："你和小雪从前就认识吗？"

"不认识吧。"女孩含混地回答。

"从没见过？"

"从没见过，倒是见过小雪的姐姐……"

文字春心下更觉得不祥。小雪的姐姐小清，十年前患急症死了。可这个姑娘却说认识小清，文字春感觉非要弄清楚不可："去世的小清是你的朋友吗？"

女孩沉默了。

"你叫什么名字？"

---

① 草鞋后跟有绳子，系在脚踝处，穿着不累脚，常和分趾的袜子一起穿，很适合长途步行。
② 草履类似夹脚凉鞋，只有前面有带子，穿脱方便，但穿久了脚会痛，不适合长途步行。

女孩还是低头不语。二人说着这些，四下已经完全黑了，附近店头的纳凉台上，传来热闹的笑声。文字春却脊背发凉，对这个女孩疑窦难消。她默默地边走边往女孩身上打量，女孩的岛田髻都散了，散下来的碎发在她苍白的面颊上颤动着，让文字春想起画上的幽灵，不寒而栗。再怎么走在热闹的街上，身边跟着这么个女的，绝不是一件让人心情愉快的事。

走到四谷的大道尽头，就得穿过昏暗寂静的御堀端。文字春被无名的恐惧攫住，回头看了看背后街道两边明亮的灯光，走上御堀端大道右侧，却见女孩还是低头跟了上来。走过松平佐渡守①的宅邸，来到中间的跑马场，女孩的身影突然在黑暗中消失了。文字春大惊，环顾左右，却不见女孩的身影。试着唤她，没有回答。文字春跌跌撞撞地往回跑，逃到了大路上灯光明亮的地方。

"喂，师傅，怎么了？"

听到有人打招呼，文字春定睛一看，是住在同一个町的木匠兼吉。

"啊，木匠师傅。"

"怎么了？喘得上气不接下气，是遇到什么人恶作剧了吗？"

"不，不是的。"文字春大喘着气说，"你要回町内吗？"

"是呢，去朋友那里下象棋，出来迟了。师傅要往哪儿走？"

"我也要回家，行行好，跟我一同走吧。"

兼吉约五十岁，身为男人，还是个手艺人，这种时候同行再好不过了，文字春放心走起路来。但再度经过跑马场时，文字春还是忍不住像领子进水了一样，拢着领口，缩起身子。兼吉自刚才起就感到奇怪，走出黑暗的御堀端细细一问，文字春才小声将路遇的一

---

① 指松平直谅，江户时代后期的大名，也是俳人、画家、书法家。官至从五位下左渡守。

切都告诉了他。

"我最初只渐渐觉得有些瘆人，倒不是没听过这种事，只是心里不痛快……结果，那姑娘居然中途不见了。我不顾一切地往四谷方向跑，想着该怎么办，正巧就碰到了木匠师傅您，这才好似活了过来。"

"那还真有些奇怪，"兼吉在暗夜中低声说道，"师傅，你说那姑娘十六七岁，梳着岛田髻？"

"是呢。虽然看得不是很真切，但皮肤白，是个长得好看的小姑娘。"

"为什么要去津国屋呢？"

"说是去找小雪……还说从来没见过小雪，但见过小雪死去的姐姐。"

"啊，这可不妙，"兼吉道，"难道又来了吗？"

文字春跳起来，紧紧抓住兼吉的手，嘴唇颤抖着问道："这么说，木匠师傅，你认识那姑娘？"

"唉，真是可怜啊，看来小雪也命不久矣。"

文字春已经说不出话来，只知道紧紧抓住兼吉的手，像被兼吉拖着走一般，一步三回头地回家了。

二

文字春在兼吉的护送下平安回到家中，方才觉得魂魄回来了一半。为了感谢兼吉，她让兼吉来家里喝杯茶。文字春和一个小丫鬟一起生活，就差小丫鬟去附近的点心店买点儿吃的。兼吉边客气着边坐下，文字春扇着团扇说道："今晚多亏了您帮忙。看来日常信佛也不一定管用，难道我真的有什么罪孽吗？但更让人在意的是……那姑娘去津国屋，到底是为了什么呢？"

文字春硬留兼吉在家里坐坐，正是为了打探这可怕的秘密。兼吉最初试图搪塞过去，但也怪他刚才路上说漏了嘴，被文字春听去了要紧的事，在对方的再三诘问下，才吐露详情："说自己主顾的流言似乎不太好。师傅看起来年龄只有我一半大，应该什么都不知道。那个姑娘，有没有说自己的名字？"

"没说，我问了她也不说，不是很奇怪吗？"

"嗯，是奇怪。那个姑娘应该叫小安，死在了八王子。"

文字春全身僵硬，不由得上前，说道："是的是的，她说自己从八王子来。这么说，那姑娘是在八王子死的吗？"

"据说是投井自尽，因为是太久以前的事了，所以不知道虚实。不知是投井还是上吊，总之是意外的死法。"

"这样啊，"文字春脸色铁青，"为什么死了呢？"

"这事津国屋一直瞒着,我们也装作不知情。今夜你既然和那个姑娘同路,应该也不是完全没有瓜葛的人。"

"啊呀,木匠师傅,您真是的。我怎么可能有什么瓜葛?"

"这个嘛,和那个姑娘同路,总归有什么因缘。所以这事我就只对你说,不可外传哦。要是被津国屋知道我说了这事,那可是堪比把主顾家里一栋房子弄塌了的大事,懂了吗?"

文字春默默地点头。

"我也不知道太久远的事,听家中祖父说,那津国屋是三代之前来的江户,在下谷的津国屋做酒,卖给公家。三代之前的主人相当能吃苦,就得了'津国屋'这个名号,得以来这个町开店。之后越做越顺,下谷的津国屋本家倒闭了,这边的生意却越来越红火,有了第二代、第三代。只是,现在这代店主人夫妇一直没有孩子。店主人年过三十,觉得就这么没孩子可不行,就从八王子的远房亲戚那里,领养了个叫小安的女儿。夫妇俩对小安很疼爱。谁知,小安十岁时,一直没孩子的夫人却突然怀孕了,生了个女孩,那个女孩就是小清。虽然夫妇俩将领养的女儿和自己生的孩子当作姐妹一样养,但从感情上说,毕竟还是自己生的孩子可爱,领养的孩子有些多余。话虽如此,毕竟有世间舆论,还要顾及养女的父母,只好万般无奈地养着。后来又有了将来让小清继承家业、让领养的女儿招婿分些家产的说法。分家当然需要费一大笔钱,这样一来自然又心疼起钱来,于是领养的女儿就越来越碍眼了。店主人夫妇又不好做得太过分,让世人说三道四,表面上还是将小安当亲生女儿一样养大。后来夫人生了第二个女儿,也就是现如今的小雪。津国屋主人家有了两个亲生孩子,领养来的孩子,不就真成了累赘吗?"

"确实如此,"文字春不由得叹道,"要是领来的是个男孩,将来给他娶妻，还能说得过去。只是三个都是女孩。"

"所以津国屋家才发愁。若能对养女说明原因，让她回八王子，也就算了。只是不好明说，等小安年满十七时，将她赶了出去。当然，也不好直接赶走，只推说小安和店里干活儿的瓦匠有私情，拿这个当借口，赶了她出去。"

"私情一事可属实？"

"好像没那回事。"兼吉摇头道，"那瓦匠叫阿竹，很年轻，长得还可以，但是个喝酒赌博、无可救药的家伙。小安那姑娘老实，断不会和那种家伙来往。奈何津国屋如此坚持，将小安像初来时那般，两手空空就打发回去了。世人虽不知，但家中应该对养女多有刻薄。小安是个敏感聪慧的姑娘，养父母的心思，她大抵早猜得出。因此被扫地出门时，要多不甘心就有多不甘心。据说，那时小安边哭边对和她要好的老婢女说：'因为我是养女，他们夫妇二人有了自己的孩子，就不要我了，也没办法。只是和别的不同，非要找那淫乱的口实将我赶出家门，实在太过分了。这样回故里，还有何颜面见亲兄弟姐妹和父母？我必定要报这个仇。'"

"唉，真是可怜啊。"文字春的眼睛也湿润了，"那之后怎么样了呢？"

"之后小安回到八王子，没过多久就死了。就像前面说的，至今也不知道是投井还是上吊，想必是带着对津国屋的怨恨死的。小安死后，津国屋的瓦匠，就是那个叫阿竹的家伙，居然老老实实的，什么都不说。过了不到两个月，正是夏日炎天，阿竹到高高的房顶上干活儿，似是一脚没踩稳，直接头朝下摔落，当场头破血流死了。于是世人又议论纷纷，说阿竹那家伙一定是拿了津国屋的钱，所以什么也不说。意外惨死，是小安那姑娘在报仇。"

"真是恐怖啊，人果然不能干坏事。"文字春做着事后感叹。

"总之小安死后，那个绯闻对象阿竹也死了。之后津国屋的生意一直不错。十年前，又发生了一件不可思议的事，我至今忘不了……这事师傅您应该也知道，津国屋的亲生女儿小清，得气郁的病①死了。虽说人的寿命难料，无可奈何，但小清死时也是十七岁，和小安离世时同岁。小安十七岁死了，小清也十七岁死了，这就奇了。表面上谁也不说，但知道从前这家有个养女的人，背地里就开始议论纷纷。还有一事很奇怪，小清死前发生的事，正如同今夜。"

"木匠师傅！"

"哎呀，不必害怕。"兼吉笑言，"且说津国屋家本来要继承家业的大女儿小清，在她病前两三日的晚上，附近的邻人出门，在街角遇到了一个姑娘，姑娘穿着抚子花图案的浴衣……"

"请不要再说了，我已经知道了。"文字春的身体已经动弹不得，一只手遮住眼睛。

"等一下，我马上就说完了。邻人见那个姑娘就是津国屋的养女小安，正想出声打招呼，小安却不见了。我也听说过这事，只觉得是在传些什么乱七八糟的流言蜚语，没有放在心上。今夜听了师傅您说的话，想来应该不假。小安又来接人了——津国屋的小雪今年也十七了。"

厨房突然传来响动，文字春吓了一跳，原来是去买点心的小丫鬟回来了。

---

① 原文为"ぶらぶら病"，指情绪不佳、缠绵不愈的无名疾病。江户时代也用来代指肺结核、抑郁症，或为情所困的病症。

三

　　文字春那夜没有睡好。她似乎梦见穿抚子花图案浴衣的年轻女孩，在蚊帐外面看着她。正迷迷糊糊似睡非睡间，马上又醒了。再加上夏日闷热，文字春的枕纸①完全湿透了。第二天觉得头重胸闷，亦无心吃早饭。跟小丫鬟推说昨日走了远路，可能有些中暑，糊弄过去，心中却深藏难以言表的恐惧。文字春在佛龛前上了炷线香，为小安祈祷冥福。

　　住在附近的女孩们都如往日一样来学艺，津国屋的小雪也来了。看到小雪似乎一切都好，文字春略感心安。但想到小雪背后，或许就站着肉眼看不见的小安的亡灵，文字春在面对小雪时，又不由得感到害怕。学艺结束，小雪说："师傅，昨天有件怪事呢！"

　　文字春心下一惊。

　　小雪继续说："昨天大概五时半（晚九点），我坐在店前的长凳上乘凉，看见一个女孩站在门前，穿着白色浴衣，年纪和我差不多大。她好像找我家有什么事，一直往里面瞧。我想这个人真奇怪啊。店里的长太郎也看到了，问她有什么事吗，结果那个女孩就走了。又过了一会儿，有个不认识的轿子店的人来讨乘轿子的钱。我们说

---

① 在枕头上放的纸。

是不是弄错了，这家没人乘轿子。对方却说有个姑娘在四谷见附近乘了，在町内一角下来了。她说乘轿子的钱问津国屋要，因此才来讨要轿子钱。若不给，轿子店的人就不肯空手回去。"

"那，后来呢？"

小雪继续不服气地说："可我们完全不知道有这么一回事。领班从账房出来，问那个姑娘长什么模样。轿子店的人说，看起来十七八岁，穿件抚子花图案的浴衣。这样一想，就是刚才往我们店里瞧的姑娘。轿子店的人说，断不能让我们随便编个话出来，就赖掉轿子钱。正这么吵着，父亲从里面出来了，说就算没这回事，人家也指名道姓提了津国屋，不付钱的话，对我们名誉有损，不能让轿子店吃亏。于是，我们就按对方说的，付了轿子钱，轿子店的人高兴地走了。付完钱，父亲就回到里面，什么也没说。店里的人都说，真是不能小看如今的小姑娘，年纪轻轻的，居然讹人轿子钱，长大了还不知道要怎么样呢。说不定就会做骗子、'仙人跳'，去骗人钱财。"

"还真是呢。"

文字春不走心地应和小雪，却不敢正眼看她的脸。这可不是诈骗、"仙人跳"那样简单的事。小雪自然不知道，那个姑娘的真实身份更加可怕，想来店里的人应该也不知晓。只有店主人，什么也不说就老实地付了轿子钱，想来应该心中有数。小安的亡灵，在御堀端和文字春分别后，又乘轿子去了津国屋。小雪毫不知情地讲述着昨日见闻，背后一定缠绕着那穿着抚子花浴衣的身影。想到这里，文字春觉得既恐怖又可叹。

抛开赚钱不说，从师徒情谊上讲，小雪是文字春带了很久的相熟的弟子，人长得又漂亮，若被亡灵附身，就此失去性命，着实让人痛心。可是此事与别的不同，文字春不便开口提醒。若她提醒小雪，小雪回家告诉双亲，说师傅跟我说了不得了的事，自己可就难做人了。还有一桩，要是自己只管关注小雪，招来亡灵怨恨又将如何？想到这里，文字春只好对自己的见闻只字不提，将小雪的生死抛在脑后。

接二连三地听到可怕的事，加之前夜没睡好，文字春终于觉得不舒服，中午就停了练习。家中佛龛前佛灯长明，文字春向素日信仰的祖师祈祷昨日遇到的小安能早日成佛，也祈祷小雪和自己平安。那夜文字春也没能睡好。

翌日，一大早天气就很热。小雪还是照常来学艺，文字春稍稍放下心来。就这样连着无事来了两三日，文字春的恐惧略淡了，夜里也能睡着了。只是想起那个穿着抚子花浴衣的小安与自己同路而来，依然觉得很危险，不能大意。第五日，小雪来学艺时，说了这样的话："母亲昨日傍晚受伤了。"

"怎么了？"文字春又一次感到后背发凉。

"昨日傍晚过了六时，母亲去二楼取东西，结果在踏上梯子第二格时，一脚踩空，头朝下摔了下去……幸好没有摔到头，只是左脚扭到了，马上叫了医生。母亲从昨天傍晚开始卧床休息了。"

"脚扭伤了吗？"

"医生说伤得不是很重，但母亲说骨头似乎一跳一跳地疼，今早也没爬起来。平日都是女佣上二楼做事，昨日也不知道怎么了，母亲这般莽撞。"

"那还真是飞来横祸呢。回头我去看看你母亲，麻烦你说一声。"

看来小安的作祟慢慢显灵了，文字春瑟缩起身子。不知道是不是心理作用，小雪的脸色看起来也不是很好，回去时的身影似乎也很单薄。只是，既然都听小雪讲了这事，文字春也不好装作不知道的样子。她磨蹭到午后，在附近买了豆馅糯米饼礼盒，带去津国屋慰问。津国屋的夫人阿藤果然卧病在床，说脚上的疼痛比起早上好些了。

"您这么忙，要教大家学艺，还劳烦您来看我。真是意想不到的灾难啊。"阿藤皱眉道，"我去二楼拿晒好的衣服。平日都是女佣做的，但女佣正好受了伤。她在井边打水时，手拎着水桶滑倒了。膝盖周围的皮擦破了，走路一瘸一拐的。因此我才去了二楼，竟落得这个结果。家里两个女人都瘸了，真是麻烦啊。"

文字春闻言一惊，可见死灵作祟开始在这家蔓延，实在不能久留，她草草地寒暄一番就逃了出来。来到外面亮堂的大道上，才稍感心安。回看津国屋的主屋屋顶，上面停了只大乌鸦。似乎这也是什么不祥之兆，文字春匆匆忙忙地走了。目送她离去的背影，乌鸦放声大叫了一声。

津国屋的夫人之后又躺了约十日，还不能自由行走。这期间文字春又听到一则坏消息。津国屋店里年轻的伙计，去附近的武家宅邸办事，却被武家宅邸突然掉下的一片瓦砸到，正好重重击在右眉骨附近，一只眼睛完全肿了起来。小雪告诉文字春，年轻的伙计名叫长太郎，就是那日在津国屋店前，和穿抚子花浴衣的女孩说话的男人。文字春思忖，莫不是这作祟开始蔓延，不再仅限于津国屋店主人一家？会不会除了津国屋，连自己也会惹祸上身呢？文字春被这恐惧攫住，全然不像活在人间。

她开始每日去较近的圆通寺拜祖师。

四

津国屋夫人阿藤的伤缠绵不愈。到了这步田地，已是顾不得疼痛，只怕要留下病根。因此找了浅草马道有名的接骨医生，每日从赤坂乘轿子去医生处看病。

七月初，按过去的旧历算已经入秋，但残暑未消。浅草的医生非常忙，稍微去得迟些，就得在玄关处等着。阿藤为此尽量趁早上天还凉爽时就出门。这日也是六时（早六点）刚过，就出了津国屋，正要乘上在那里等着的轿子，却见一个僧人对着津国屋念念有词。津国屋正值多事之秋，阿藤见到这个情形，无法装作没看见。她停下来，定定地看着僧人，送阿藤出来的小伙计勇吉，也感到奇怪，默默地看着。

僧人约莫四十岁，一副普通的托钵僧模样。托钵的僧人站在店前，倒不是什么稀罕光景。但阿藤觉得他面生，不像是在这一带见过的僧人，加之心理因素作祟，总觉得他的模样看起来不一般。阿藤靠着轿子站着，看了一会儿，僧人最终从店前走了。经过阿藤的轿子时，又听他口中念念有词道："此乃凶宅啊。南无阿弥陀佛，南无阿弥陀佛。"

"啊，等等，"阿藤下意识叫住僧人，"出家人，我问您，这家有什么不好的事吗？"

"这家有亡灵作祟。真是可怜啊，这家说不定要灭门了。"

如此说完，僧人便飘然而去了。阿藤面色惨白，拖着跛足跌跌撞撞跑回家中，向丈夫次郎兵卫诉说。次郎兵卫听完皱皱眉头，想了一下，又笑道："和尚就是专门说这些莫须有的胡话的。肯定是在哪里听说这家人接二连三地受伤，想必家里人正心下不安，就来吓唬一下，好得些作法的钱去。这么老套的手段，现在哪里还有人买账？不信你看，那和尚明天肯定还来，再跟你说同样的话。"

"说得也是。"

阿藤觉得丈夫说得也在理，半信半疑乘着轿子去了，只是那僧人的样子总浮现在眼前。阿藤在去浅草的路上，时而信其真，时而信其假，来回路上倒没遇上什么特别的事。翌日，僧人却不像丈夫说的那样在店前出现。于是不安再度涌上阿藤心头。若果然如丈夫说的，僧人是为了赚些作法的钱来吓唬人，就不该不见踪影。僧人不在店前出现，是否就意味着那预言是真的，僧人也不像丈夫说的那般是为了讹钱而说些莫须有的灾祸的卑鄙和尚？阿藤提醒店里的人每日留意，僧人却自那以后再也没有出现。

阿藤自然也提醒店里的人，勿将此事外传。小伙计巳之助，却在町内的澡堂里不小心说了出去，流言一传十，十传百。文字春也听到了这些话。这段时间，文字春本就极为恐惧，听了流言更怕了。她路遇木匠兼吉，悄悄说道："我说，木匠师傅，有没有什么办法啊？小安的作祟，好像要让津国屋覆灭呢。"

"真让人发愁啊。"

兼吉皱着脸说，眼睁睁地坐视主顾家遭殃，多少有些不近人情。但津国屋的事，确实不知道如何插手。他劝文字春，干脆去一趟津国屋，将那夜遇到小安的亡灵，和她一同来到町上的事，都老实说出来。文字春却吓得哆哆嗦嗦的，慌忙摇头，只怕说了出去，自己也要招来亡灵作祟。

就这样，文字春每日不仅担忧津国屋的命运，也担心自己的安危。就连天天看到来学艺的小雪，也觉得甚是不祥，似乎小雪身后正跟着小安的亡灵。这期间，又有一则流言从町内的女澡堂传出来。

津国屋的女佣阿松今年二十岁。阿松在夜四时（晚十点）不到时从澡堂回去，在昏暗的小弄堂里遇到一个年轻的女孩。夜色中，她身形模糊，从阿松身边经过时说了句："快点儿请假吧，津国屋要完了。"

阿松大惊，回头一看，却不见女孩的踪影。阿松顿感恐惧，大气也不敢喘地逃回店里。但是对主人，却不敢说路上的事，只偷偷告诉了同为女佣的阿米。阿米透露给店里的其他伙计，去洗澡时又告诉了街坊四邻。由此埋下町里流言的种子。

和任何时代一样，事情被添油加醋地传播，乃世间常情。更不要说在那迷信的时代，人们听到这种可怕的流言，绝不会听完就抛在脑后。流言再一次一传十，十传百。津国屋有亡灵作祟一事，不仅是澡堂、理发馆里的闲话，就连正经做生意的商铺里，人们也在议论纷纷。

第二日是草市①的日子，小雪又来文字春处学艺。小雪瞅准其他弟子不在的空当，小声对师傅说："师傅，您也听说了吧，我家有亡灵作祟的流言……"

文字春不知道如何回答，一时语塞。因为不好说实话，她只好装傻道："嗯，这种话是谁说的？真是岂有此理，究竟是怎么一回

---

① 旧历七月十二日夜至十三日早上举行的集市，主要售卖用于盂兰盆会的鲜花、手工艺品。

事呢?"

"大家都这么说,所以父亲和母亲都知道了。母亲一脸厌倦地说,她的脚怕是不能好了。"

"为什么呢?"文字春忍住内心狂跳,问道。

"我也不知道为什么,"小雪一脸阴霾,"父亲和母亲听了这样的流言,都很放在心上。说正好在盂兰盆节前,被坊间这样说闲话,真是心里难受。也不知道是谁先说起的,让人没法不在意。还有人说,津国屋前每夜都站着女人的幽灵什么的。虽然是无凭无据的假话,但让人瘆得慌。"

文字春只觉得小雪实在可怜,她一定还什么都不知道。正因为一无所知,才能若无其事地这样评论吧。或许真该老实地对小雪将一切和盘托出,让她多加提防,但文字春无论如何也拿不出这般勇气。只好随便应付一下,勉强聊完这一段。

过了盂兰盆节,小雪来师傅处时又说:"师傅,我父亲说,要当和尚隐居去,母亲和领班都劝阻,总算是没了这个念头。"

"当和尚……"文字春惊诧,"想当和尚是怎么回事?"

原来,十二日早,菩提寺的住持去了津国屋,念完棚经[①],就问最近津国屋的亲人中,是否有人遭遇不幸。这种时节被这么问,津国屋的店主人夫妇自然受惊了,却只回答没什么。住持略觉奇怪,不再言语,看起来似有什么隐情。夫妇二人再细问,住持才说,最近这三夜,津国屋家的祖坟前站着个年轻女子,身影如烟,住持看得真切。和服的样子不是很清晰,但似乎是白底上染了抚子花图案。

话说到这个份儿上,津国屋的夫妇还坚称不知道是什么事,给

---

① 盂兰盆会时,僧侣在灵棚前诵的经。

了住持丰厚的诵经钱，就让他回去了。这日傍晚，阿藤的脚又疼得厉害。次郎兵卫也说身体不舒服，天一黑就睡了。半夜，夫妇二人此起彼伏地呻吟，把家里人都吓醒了。好在阿藤的脚痛翌日好了些，次郎兵卫却还道不舒服，饭也没好好吃，睡下又起来，折腾了半日，午后就去了寺里。那日焚迎魂火①时，只有他没出现在门口。

十五日焚送魂火后，次郎兵卫将老婆和领班叫进里间，突然说自己要隐退，不再做店主人。不要说他老婆，连领班金兵卫也大吃一惊。问他详细的原因，他也不肯明说。但可以想见，这是十三日午后去寺里和住持商量的结果。金兵卫自然反对店主人突然隐退，夫人阿藤也不同意，说即便要把店让出来，也得等女儿找到合适的女婿，看到孙辈出生再说。争执不下之际，次郎兵卫居然又说，不光要隐退，还要出家。这又让他老婆和领班大吃一惊。两人又是反对，又是流泪地折腾了半晌，店主人的决心也没有丝毫动摇。

"你父亲下这番决心，也不是不能理解。但当下突然来这么一出，津国屋这店，真不知道会怎么样。"翌日早上，阿藤对女儿小雪如此说道。

听了这番话，文字春内心暗暗称是。她大抵能猜出为何津国屋的店主人定要隐退出家。恐怕菩提寺的住持，对他讲了事情的因果，表示要解小安亡灵的怨恨，就得速速立志出家。夫人和领班反对，虽在情理之中，但店主人定是认为与其让津国屋被亡灵缠身，直至大厦倾覆，不如自己将店让出来，再让小雪找个合适的女婿，更能保全一家。只是这话不好宣之于口，文字春只好默默地听小雪讲述。

---

① 盂兰盆节开始和结束时分别有焚迎魂火与焚送魂火的仪式。

五

过了五六日,津国屋的女佣阿米也受了惊吓。阿米和阿松一样,在从澡堂回去的路上,遇到了奇怪的女人。那夜雨淅淅沥沥地下着,阿米撑着伞急忙地回去,路上高齿木屐①的带子突然断裂了。由于光线昏暗,阿米没有办法,只好脱下带子断了的那只木屐,光着一只脚走路。却见从伞的阴影处浮现出一个年轻女孩雪白的脸,低声道:"津国屋要完了哦!"

阿米听过阿松的话,十分恐慌,禁不住大叫一声,将手上的木屐对着女孩扔过去。然后将脚上的另一只木屐脱下来,光脚逃回了津国屋。年纪尚轻的阿米,在逃进店的那一刻就倒地失去了意识。店里的人又是给水又是喂药,一番折腾下阿米总算回过神来,却发起高烧,嘴上毫无遮拦地念叨:"津国屋要完了哦!"

阿米这样断断续续地讲着不祥的预言,不要说店主人夫妇,连店内的伙计们都害怕,只好先送生病的阿米出去。附近的邻人们见接阿米的轿子从店里出去,又是好一番飞短流长。长此以往,津国屋的生意必将日渐萧条,领班金兵卫极为担心。不过阿藤脚痛见好,这时节已经不需要再去马道看那位医生。次郎兵卫不再关心店里的

---

① 一种雨天穿的木屐。

生意，每日从早到晚坐在佛龛前念经。

这些事都经小雪之口传到文字春耳朵里，让她也跟着变得心情不佳，只觉得津国屋迟早要亡。

到了八月，津国屋依然如故，但十二日傍晚，里间的佛龛着火了，津国屋历代先人的牌位、名册，都被烧了个精光。所幸天才黑，大火很快被扑灭了。只是偏偏佛龛着火，让津国屋的人再次惶恐不安。

领班金兵卫说，是风将佛龛的火苗吹得飞了出来。

这种事被外人知道或恐不妙，金兵卫努力保密，却不知道谁走漏了风声，邻人们又很快都知道了。女佣阿松看这情况，觉得此处不能再待了，月末硬是寻了个家中亲人生病的借口，请假走了。上个月阿米搬出去，这个月阿松也走了，家中没有女佣，津国屋连找人做饭都成了问题。因他家有这些不好的传闻，在附近的桂庵①也一时难找来合适的女佣。

"这段时间都是母亲和我在厨房干活儿呢。"小雪对文字春说，"母亲脚不好，我就尽量多做些。现在还好说，慢慢天冷了，可怎么办才好？"

小雪说这阵子可能没法再来文字春处学艺了。先不说学艺，文字春想到小雪是商贾人家从小娇生惯养的女儿，如今却在厨房干那些粗活儿，肯定很辛苦。想到这一点，文字春不禁在内心流泪，看着不幸的年轻女孩的脸。小雪又说："父亲之前又是要退休，又是要做和尚的，虽然消停了一阵子，但发生了这种事，又说无论如何家里是没法待了，要在广德寺前的庙里住一段时间。母亲和领班照旧一番劝阻，父亲怎么也不肯，所以毫无办法。"

---

① 江户时代的媒人、用人介绍所。

"不是去做和尚吧？"

"不是做和尚，先承蒙寺里照顾，让寺里的和尚有空时，就给他讲经。因为说什么父亲都不肯回心转意，母亲似乎已经放弃了。"

"不过，只是暂时去寺里，或许过段时间就冷静下来了，反而更好。"文字春安慰小雪，"而且这样说不定对家里也有好处。接下来就靠你母亲和领班照看好家里的生意了。只要领班能看得住店，就没问题。"

"确实，家里如果没有金兵卫，可就真是一片黑暗了。剩下的都是年轻伙计。"

领班金兵卫，自十一岁来津国屋，已兢兢业业干了二十五年。这个单身汉，把自己的一辈子都奉献给津国屋的账房事务。此外，店里还有源藏、长太郎、重四郎这几个伙计，勇吉、巳之助、利七这几个学徒。加上店主人夫妇和小雪，共十个人。本来靠两个女佣照顾一大家子的生活，已是将就，这下女佣都走了，光是伺候这么多人的一日三餐，就不是件容易事。想到这些辛苦，文字春更觉得小雪可怜，可是又不能去做帮佣。接下来天气会越来越寒冷，文字春无力地望着小雪白嫩柔软的指尖，上面似乎已经有了些皲裂的伤口，却毫无办法。

"店里的学徒，多少能帮些忙吧？"

"嗯，只有勇吉能干，"小雪说，"其他小学徒都不中用，得空就出去，只知道逗猫弄狗的，没个正经。"

"原来如此，勇吉的确看起来很能干。"

勇吉是金兵卫的远亲，也是十一岁来的津国屋，虽然才待了六年，但很能干。为人处世方面，也有着和年龄不相称的成熟机敏。不管是店里的生意，还是家中的事务，都很用心。伙计中又数长太郎最干练。长太郎十九岁,之前被屋顶的落瓦砸伤,头上还裹着白布,就同往日一样继续工作。文字春也知道这事。

又过了两日,津国屋的店主人住进了下谷广德寺前的菩提寺。一店之主在寺里借了间房,将自己关起来,关于津国屋一事,再次流言四起。有人说店主人最终做了和尚,也有人说他疯了,想象助长了流言的散布。

九月过去十日,早晚变得略寒冷。文字春这天上午暂休授艺,想午后参加神明祭。正在换和服,就听说有人要见她。小丫鬟出去一看,只见一个将近五十岁的女人鞠躬说道:"请问,师傅在家吗?"

文字春的家不大,在房里能听到外面的声音,她忙边系腰带边出来。

"您就是师傅吗?"女人又行礼道,"突然拜访,实在冒昧,听说师傅和那个津国屋的人很熟。"

"是的,我和津国屋的人关系很好。"

"我听说,那家店正为没有女佣发愁。我住在青山,正想寻个东家。听闻师傅和津国屋交好,想着如果我可以,愿意听从津国屋的吩咐……只是,经桂庵介绍颇费周折,直接去津国屋自荐又有些奇怪。虽然给您添麻烦了,但能否请师傅跟津国屋说一声……"

"啊,是这样啊。"

文字春略想了想。天渐渐冷了,津国屋正为人手不足发愁。来人看起来有些年纪,也不算很结实的样子,但去津国屋或许能帮上些忙。这样一来,小雪就不必做那些厨房的粗活儿,可谓来得正好。只是初见对方,还不知来历与心性,不好贸然引荐,因此一时没有回答。正在踌躇之际,对方有所察觉,似乎有些了然地说道:"因为实在突然,或许您会觉得我太冒昧了,但若东家肯用我,必将道明身世。绝不给您添麻烦。"

"这样的话，请您稍等一下。我先去问过对方再来。"

幸好刚才为出门换好了和服，文字春马上奔去津国屋，和夫人说了。津国屋正缺人手，听了这话，阿藤让文字春赶紧把那妇人带来。

"多亏了师傅。"小雪也频频道谢。

文字春被大家这般感谢，感觉做了件好事，高兴地回家，将女人带去了津国屋。女人叫阿角，虽有些年纪，但不管待人接物还是礼仪都得体，津国屋当即决定雇佣此人。

六

顺利过了三日试用期，阿角就住进了津国屋。小雪带着点心礼盒来文字春处道谢。听说阿角虽然是新人，但津国屋很中意，文字春总算如释重负。

阿角也来道谢，由此结缘。阿角出门办事时，总会顺便来文字春处露个脸。之后平安过了月余，阿角照常拜访，跟文字春悄声说了件烦难事："可能要给师傅添麻烦了，可我不知道能不能在津国屋长期干下去……"

"可是，夫人不是很中意你吗？"文字春颇感奇怪地问。

"确实，承蒙夫人看得上，小雪也待人很好，本不该有什么不知足的……"

阿角欲言又止。再三逼问下才道出，津国屋的夫人阿藤，似乎和领班金兵卫有染。金兵卫是正值壮年的单身汉，阿藤却年过五十，怎么可能有这种荒唐事？文字春最初并未轻易相信。阿角却坚称，二人的确形迹可疑，不止一次亲眼看到他们去往仓库深处或二楼的房间。

"只是这种事早晚会让人发现的。"阿角叹息道，"万一出岔子，我要是被当成从中牵线的，就麻烦了。"

在那个时代，主人家的老婆若跟家仆私通，从中撮合的人当被处以死罪。阿角作为津国屋的女佣，如此惧怕也就不难理解。阿角倒是可以请假，逃避她的问题。难办的是夫人和领班的问题，万一是真的，那可是如同津国屋亡了一般的大事。比起亡灵作祟，这方面的报应或许会来得更快，文字春脸色变了。

但文字春也不一味听信阿角的一面之词，只千叮咛万叮嘱阿角，勿将这种事外传，就让她回去了。

文字春虽然觉得不大可能，但还是有几分疑心，无法释怀。小雪说父亲去菩提寺，是他自己提出的。但会不会是夫人和领班暗地里勾结，想办法将店主人赶了出去呢？夫人年过五十，平日里看着很坚韧，居然像被下了情蛊，果然还是因为亡灵作祟吗？想来真令人害怕。

小安的亡灵如此纠缠，种种作祟，让文字春不禁觉得，津国屋迟早是要亡的。但她谁也不曾告诉，也不曾套小雪的话。

"不管我怎么请求，津国屋都不肯给假，真让人难办啊。"

阿角后来又对文字春抱怨，说这阵子向夫人请假，她却不批准，还说如果是钱的问题，可以按照阿角的要求给付。等到年底，还要给她买和服。夫人说津国屋会好好照应阿角，希望她至少忍耐到来年天暖的时候，阿角也就不好果断地拒绝，很是困扰。阿角请假似乎确有其事，小雪来文字春处时也说了。小雪看起来不知道内情，只说母亲交代，阿角是个好帮佣，让小雪转告师傅，也帮忙留留阿角。

东家满意自己介绍的人，这是好事。只是津国屋有私通的秘密，文字春要是再和阿角周旋，说不定自己也会出什么事，为此感到多了一重辛苦。好在之后无事发生，安然无恙地到了腊月初。连续几日严寒刺骨，有时还下大霰①。

"师傅，你起来了吗？"

腊月四日早，五时（早八点）刚过，木匠兼吉透过文字春家的格子打招呼。

"哎呀，是木匠师傅呀，就算是我，这个点也早起了。你看，早上的两个学生都教完了，这时节正忙不是吗？"

"师傅起得这么早，想必已经知道了，津国屋的事……"

"津国屋……怎么了？发生什么事了？"文字春将头探到长火盆上方。

"出大事了，真是吓了一跳。"兼吉在火盆前坐下，抽了口烟。

"夫人和领班的，在仓库里上吊死了。"

"什么？！"

"真是吓死人啊，这都是什么事，让人不知道说啥好。"

兼吉骂骂咧咧的，在火盆沿上咚咚咚地敲了敲烟管，文字春面如死灰。

"怎么回事，是殉情吗？"文字春小声问。

"嗯，看起来是那么回事，也想不出别的啊。照常理看，男女一起死了，可不就是殉情吗？"

"可是，他们年龄差那样多。"

"这不就是所谓的'有情饮水饱'嘛。虽然不能说东家的坏话，但说到底都是那家夫人不好。就像以前说的，把养女小安狠心地赶出去，肯定也是她给丈夫吹的枕边风。发生这种事，没准就是作祟啊。现在津国屋正乱着呢。一下子死了两个人，想藏也藏不住啊。总之

---

① 小冰粒。

先把店主人从下谷叫了回去，死亡现场捕吏要检视，家里翻了个底朝天。毕竟是东家，我们今早也去帮忙了。光靠那家的女儿和家仆，怕是撑不住。"

"确实是这样。"

如今再想起阿角的话，文字春更是叹息连连，问道："现场检视结束了吗？"

"没有，人刚来。我们在那边进进出出的怕添麻烦，所以先出来了。想等检视结束再回去。"木匠说。

"那我稍后再过去吧。事出有因，虽然就这么去吊唁有些奇怪，但总不能装作什么也不知道。"

"那当然啦，毕竟师傅那夜和他家的亡灵同路来的呢。"

"行行好吧，"文字春听闻此言，回话里都带了哭腔，"留点儿口德吧，可别再这样说了。也不知道是什么因果，让我和这事有关。"

过了半晌，兼吉走了。文字春战战兢兢地去门口看，只见附近的人都出了自家大门，议论纷纷。津国屋门前聚了很多人。这日从早上起就是阴天，昏暗的天空中，灰色的云像被冻住了一样，低低地压在这个町上。

"你好，师傅。这一带很吵呢。"

听到声音，文字春回头一看，是负责这一带治安的冈引常吉。如今，桐畑的幸右卫门形同隐退，主要靠他儿子常吉负责相关事务。常吉是个二十五六岁的年轻男子，皮肤白净，脸长得像人偶，仿佛不是干这行当的，人送外号"人偶常吉"。

虽然干的是不被一些人待见的营生，男人毕竟是男人，文字春见常吉搭话，不由得脸色微红，用袖子掩口，纯真地打招呼："大人，天真冷呢。"

"是很冷。这么冷也没办法,出事了。"

"是啊,检视已经结束了吗?"

"先放店主人回去了。师傅,等一下还有事情问你,我稍后就来。"

"啊,好的,恭候您来。"

常吉往津国屋的方向去了。文字春慌忙回到家,换了和服,换了腰带,又给长火盆添了些炭。她一方面惧怕自己和津国屋有瓜葛,另一方面倒不觉得常吉来是个麻烦。

七

"师傅,在家吗?"

过了半晌,常吉来到文字春家。文字春似乎等候多时,马上从长火盆前站起来:"刚才失礼了,让您见到脏乱的样子,快请进。"

"那打扰了。"

年轻的冈引脱下草鞋,进入房间。文字春对小丫鬟耳语几句,打发她去附近买些下酒菜。

"那么师傅,我这就问您几个问题。那个津国屋的女儿,是您的弟子吧?师傅也经常出入津国屋。"

"嗯,时常会去……"文字春点头道,"所以,还想着今日晚些去打个招呼。"

"那么,我问个外行的问题。这次的案子,您有没有什么头绪?照我们看,夫人和领班殉情,怎么都说不过去。总觉得其中有些缘由……我从前就知道,那个领班对主家很忠诚,不是那么混账的人。更不要说他和夫人年龄差距大到可做母子。即便死在一处,也不像殉情,肯定有什么隐情。今日他家只有年轻的女儿和家仆,就算想调查,一时也无从着手,真是难办啊。师傅,我绝不会给您添麻烦,要是您知道什么值得注意的地方,请告诉我。"

"是啊。想必大人您也知道,有关津国屋的不好的流言。"

"不好的流言……"常吉点头道,"是说那家店要完了吗?"

"是吧,我也不是很清楚,还说津国屋有个叫小安的女孩的亡灵作祟……"

"女孩的亡灵……这倒是第一次听说。然后呢,那个女孩是怎么回事?"

常吉很感兴趣地竖起耳朵。文字春私心想让常吉立功,就将小安一事详细地说了。文字春轻声低语,讲到那日自己拜祖师回家的路上,偶遇貌似小安的亡灵,自己如何害怕时,常吉尤其兴味盎然。他将那个姑娘的年龄、长相、服装等一一问清楚,似是记在了心里。

"嗯,这还真是听来了要紧事。师傅,再次谢谢您。这事我一点儿都不知道。"

小丫鬟买的菜肴到了,文字春马上备了酒。

"这样不好意思,太麻烦您了。"常吉委实过意不去。

"哪里的话,这么冷的天,喝一口暖暖身子不算什么,请上座吧。"

"那,承蒙您好意。"

二人开始相对饮酒。这期间,文字春将自己知道的有关津国屋的一切,毫无保留地讲给常吉听。还提到曾介绍一个叫阿角的女佣去津国屋,这也引起了常吉的注意,他不时放下酒盅思索。过了半晌,他向似乎还想留他的文字春告别。

"我还有要事在身,不能就这么喝醉了。我会再来的。"

他包了些钱,任凭文字春推辞,硬塞给她就走了。霰子不时哗啦啦地下着。常吉又回到津国屋,把正在帮忙的木匠兼吉叫出来,问他小安的事。又把女佣阿角叫出来,问她夫人和领班的关系。果然就同文字春描述的那样,阿角说确实看到过二人私会。又反复辩解说,自己是新来的,和此事毫无瓜葛。常吉查完这些,又去了八丁堀，同心们都认定此事为殉情，认为没有必要进一步追查。但在那个时代，主人和家仆私通是大事，于是同心们又叮嘱常吉，要是听到什么新的情报，不可大意，一定要进一步查清楚。常吉没对同心们说小安亡灵一事，只说自己认为案子还存在疑点，想再深入调查一下就走了。之后他直接去神田的三河町拜访半七，二人交谈了一番才分别。

次日午后，津国屋办了夫人阿藤的葬礼。由于夫人被疑和领班殉情，葬礼没有对外公开，只等到日暮，就悄悄地将棺材抬了出去。街坊四邻也有所顾虑，基本没人去送行。文字春去了津国屋吊唁，但没去葬礼。只有木匠兼吉、店里的两个伙计、亲人代表一人，悄无声息地跟在棺材后面。人们常说，津国屋富有却不露锋芒，这样一家店的夫人的葬礼，居然如此凄惨。惹得邻人们轻声议论，又觉得咎由自取，又觉得可叹可悲。或许是无颜面对世人，店主人次郎兵卫也将自己关在深居，谁也不见。只听说等头七过了，还要回寺里。

夫人和领班同时去世，只剩了年轻的女儿小雪。要是店主人再回到寺里，谁来接津国屋的班呢？世人又就这事议论起来。文字春坐立难安，亡灵欲灭津国屋这个恐怖的念头，依然挥之不去。

过了头七，次郎兵卫却没能离开津国屋。据说他遭遇这般重大变故，于葬礼翌日突然摔倒在地，病倒了。店里基本是休业状态，有两三个亲属来津国屋帮忙。

夫人的头七过后第三日晚，文字春的同行家里也遭遇不幸，文字春前去吊唁。回程经过池塘边，已经过了五时（晚八点）。不管是津国屋，还是今夜，想到最近可怕的事一桩接一桩，文字春不由得心里发凉，只想早点儿回去。走过昏暗幽静的池塘边时，感觉瘆得慌。和如今不同，当年有山王山下的大池塘中栖息着水獭妖怪的传闻，再加上想起曾与小安的亡灵同行一事，文字春直打寒战。月落霜满天，芦苇丛中大雁啼鸣，闻之令人更生寒意。文字春将袖子紧紧地拢到一起，连自己脚下传来的木屐声听着都有些骇人。她小碎步跑着，黑暗中突然冒出一个人。

文字春避让不及，和来人撞到一起，吓了一跳，却见对方慌张地说："快来，出大事了！"

是个年轻的女孩，听声音好像是津国屋的小雪，文字春因此又是一惊。

"那个，是小雪吗？"

"啊，是师傅。来得正好……快来啊！"

"到底出什么事了？"文字春惊恐不安地问。

"是店里的长太郎和勇吉……"

"阿长和阿勇，他们两个怎么了？"

"他们俩拿着厨房的菜刀在……"

"啊，是吵架了吗？"

文字春在黑暗中看得不真切，但听出小雪气喘吁吁，浑身颤抖，已经没法好好回话，一屁股坐在了师傅脚下。

"你先振作一下，"文字春抱住小雪扶起来，"那两个人怎么了？"

"他们俩在那边……"

天色太过昏暗，文字春什么也看不见。借着点儿水面的亮光瞧过去，只见近处似有二人在缠斗，文字春只好大声喊道："喂，阿长，阿勇，你们在吗？阿长，阿勇……"

却没听到回音。黑暗中，不安徐徐涌上心头，文字春拉着小雪的手，拼命往有明亮灯光的地方跑。

八

半梦半醒地跑到自家门前，文字春才喘了口气。再一看，小雪面色惨白，好像要再度昏倒。文字春赶忙将小雪带到家中，慌忙给她喂水喂药。稍微冷静下来，听小雪讲述了今夜之事，又大为意外。

这夜，小雪走到店前，长太郎从后面跟过来，说有话要说，让小雪跟他去外面一下。小雪毫不设防地跟到外面，长太郎却突然亮出短刀，让她老实地跟他走。见到对方手中的利刃，小雪只好闷不作声。两边邻居家都有人，但若出声求救，恐性命不保。小雪瑟缩着，被长太郎带到了池塘边。

长太郎寻了个无人的偏僻处，威胁小雪做他的老婆。小雪很害怕，踌躇该如何回答，长太郎进一步强逼，说若小雪不从，就将她杀了扔进池子里，自己也跟着跳下去，这样世人都会认为他们是殉情而死。小雪吓得只知道一再求饶，长太郎却怎么也不肯放过她。正走投无路，学徒勇吉从后头赶来，也拿了把菜刀，跑上前来，对着长太郎就砍，二人缠斗起来。小雪无计可施，不顾一切跑出去找人帮忙，因太过惊慌失措，居然跑向了和津国屋相反的方向，正好遇上文字春。

文字春问明原委，就不能坐视不管，马上去了津国屋。店里的人听了也都一惊，派了两个伙计和两个学徒提灯去找，果然见长太郎和勇吉满身是血，倒在干枯的芦苇丛中。似乎二人都受了两三处轻伤,扔掉利刃近身肉搏,打得难舍难分,落入池中。刀伤不深,因此并不致命,但落入池中时,长太郎运气不好,脸冲着泥池深处,就那样断了气。勇吉看起来奄奄一息,但经过救治,恢复了意识。

文字春将小雪平安送了回去,津国屋的人千恩万谢。只是除了津国屋的人,文字春更想听另一个人道谢,于是又去了桐畑的常吉家。

"因为死了人,想来你早晚要知道的,但还是让你早点儿知道为好……"

"真是太感谢了,"常吉正巧在家,"还好你来告诉我。那么,我这就去一趟。这事总算有了些眉目。师傅,真的多亏了你。"

不出所料,文字春得了常吉的感谢,满足地回去了。她几乎要忘了亡灵的恐怖,甚至觉得就算被诅咒也无妨,自己也想为津国屋一案出份力。

常吉立即去津国屋查看情况。勇吉右手有两处伤,左肩有一处伤,好在都伤得不重。常吉很同情尚虚弱的勇吉,但还是将他带到了自身番[①]。

"喂,小子,你干了件大好事,拼命救下主人家的女儿,上头说不定会赏你。只是你为何要带着刀去追长太郎呢?你看到他带主人家的女儿出去了吗?"

勇吉很虚弱,但还是清楚地回答:"是的,我看见了。我见长太郎拿刀威胁小雪,要把她带到什么地方去。想着若空手,肯定不好应付,就立马跑去厨房找了把菜刀跟去,一路跟到池塘边。"

"好,知道了。只是,我还有一事不明。你看到长太郎带走小雪,为什么不跟别人说?自己一个人带了把刀出去,有些奇怪啊。"

---

① 类似派出所的机构。

勇吉沉默了。

"这个问题很关键，"常吉劝诱道，"你是得赏，还是做阶下囚，就看你怎么回答这个问题了。好好想想，冷静地说。"

勇吉依然沉默。

"那，你不说我说。你心里对长太郎有恨。跟出去当然是为了救小雪，但还有其他原因。你是不是想干脆趁这事料理了长太郎，嗯？快说！"

"大人明鉴。"勇吉老实地双手触地，俯身认了。

"哦，原来如此。"常吉点点头，"认得好。那，你到底为何想要料理长太郎？你和长太郎有什么仇？"

"长太郎是我的仇人……"

"仇人？嗯，你是津国屋领班的亲戚吧？"

"是，我是靠金兵卫来的津国屋。"

"那金兵卫的仇……是长太郎杀了金兵卫吗？"常吉追问。

"我认为是的。"勇吉抹了抹眼泪。

常吉问勇吉有什么证据，勇吉却拿不出。只说自己作为金兵卫的亲戚，自认最了解他，金兵卫绝不是那种会和女主人行苟且之事的人。金兵卫的尸体在仓库里被发现时，勇吉就认为他绝不可能上吊，一定是被什么人绞死，再搬入了仓库。但因为拿不出确凿证据，勇吉没有办法，只能沉默至今。至于为何在几个家仆中，偏偏就怀疑长太郎一人，勇吉解释说，夫人和金兵卫死前一日的午后，长太郎对主人家的女儿小雪说了些玩笑话，因为那些话太过纠缠且猥琐，账房里的金兵卫听不下去，大声斥责了长太郎。长太郎被骂，怏怏不乐地站起来走了，但那时他凶狠尖锐地瞥向金兵卫的眼神被勇吉看见了，至今历历在目。

可这些外在表现，并不能成为杀人证据，勇吉只好缄口不言，于是就有了今夜的意外。他见可恶的长太郎威胁主人家的女儿，要将她带到什么地方去。勇吉再也无法忍受，他瞬间拿定主意，打算杀了长太郎，救出小雪。

"嗯，嗯，说得很好。"常吉满意地点头，"你好好养伤，等上头意思下来，别再冲动惹事。金兵卫的仇人还有别人，我会帮你一并查明，你要老实等着。"

"谢谢大人。"勇吉又擦了擦眼睛。

常吉可怜勇吉，吩咐手下的小吏将他护送回津国屋。常吉自己也即刻再去津国屋，从文字春家门前路过时，却听见她家里有女人的叫声。常吉驻足细听，从水口中传出门倒地的声响，一个女人从小路连滚带爬地跑了出来。后面又有个女人拿着什么利刃，也追了出来。常吉飞奔上前，挡在后出来的女人面前。那女人似夜叉，对着常吉就砍。砍了两三次都落空了，常吉迅速将利刃击落，呵斥道："阿角，你被捕了！"

听到逮捕声，女人用尽全身力气甩开被抓住的手腕，转头往小路深处逃窜。常吉追上去，小路深处是个死胡同，阿角无处可逃，但不知是原本做好了殊死一搏的准备，还是被井沿绊倒了，竟翻身倒栽进井中。

长屋[①]的人合力帮常吉将女人从井里捞上来时，她已经咽气了。常吉早就知道，这正是文字春介绍给津国屋帮佣的阿角。据文字春说，有人轻敲水口处的门，似乎是要见她。文字春想，大半夜的也不知道是谁，穿着寝衣出来一看，正是阿角。阿角说，就因为她说了些

[①] 江户时期代表性的庶民住宅。位于陋巷、里胡同中的长屋叫作"里长屋"，相对处在外面大道上的长屋叫作"表长屋"。

不该说的，所有的事都暴露了，然后拿出藏好的剃刀对着文字春砍，文字春吓得往外面的大路上跑。

"我也猜到是这么回事。不过，还好你没受伤。"常吉说道。

死了夫人和领班两个人的津国屋，却在之后的十日内，又死了长太郎和阿角。只是，后来才知道这正是因果报应，祸福相抵。

九

绞死津国屋阿藤的,正是女佣阿角。绞死金兵卫的,则正如勇吉所想,是伙计长太郎。他们趁夫人、领班熟睡,将他们绞杀,又把二人的尸体搬到仓库里,伪装成上吊自杀的假象。

在下谷开店的池田屋的十右卫门和在浅草开店的大桝屋的弥平次这两个津国屋家的亲戚,无家可归的地痞流氓熊吉和源助,射箭场的女侍者阿兼——这五人被神田的半七和桐畑的常吉缉拿归案。津国屋的菩提寺的住持、无家可归的托钵僧——这二人被寺社奉行[①]绳之以法。这桩案件终于水落石出。

写到这里,想必不用从头细说。池田屋的十右卫门、大桝屋的弥平次和菩提寺的住持三人合谋,想将传说中富不外显的津国屋的财产据为己有。津国屋的店主人次郎兵卫残忍地将养女小安赶出家门,终致其死于非命,心里十分后悔。特别是继承人小清,也碰巧与小安同年纪死去,次郎兵卫更加郁郁寡欢,每每对菩提寺的住持忏悔。这份愧疚,成了那三人策划恶计的根源。他们又找来个和尚,再假装小安亡灵作祟,想就此胁迫津国屋一家。

今日看来,这手段实在拐弯抹角。在那个年代,却算得上妙计。

[①] 武家的官职名。

他们先制造亡灵作祟的假象,让津国屋一家惧怕,再由菩提寺的住持出面吓唬次郎兵卫,将他困入寺庙。如此一来,即便小雪不情愿,也不得不寻个女婿了。而恶人一行计划的女婿人选,是池田屋的十右卫门的二儿子。可实际进展远不如预期的那般顺利。一帮恶人想,只靠正经生意人和寺里的和尚,多有不便,于是又找来在浅草下谷一带游荡、居无定所的熊吉与源助。

扮作小安亡灵的,是浅草的射箭场女侍者阿兼。阿兼时年二十二岁,外表看起来却好似十七八岁天真烂漫的小姑娘。她平日里多得熊吉光顾,一众恶人便多了她这个同党。最初,熊吉和源助在津国屋附近徘徊,持续监视津国屋的动向。期间发现,小雪的师傅文字春去堀之内参拜,就打听好她归来的时间,让阿兼穿上抚子花图案的浴衣等在半路,演绎了那出怪谈。恶人一党没想到的是,那晚与小安同行的经历,文字春竟没随便向外宣扬。于是他们又换了个手段,让奇怪的托钵僧站在津国屋门前,又让阿兼吓唬从澡堂回去的女佣们。

这番装神弄鬼的戏码演下来,结果只让次郎兵卫乖乖就范,夫人和领班都出人意料地沉得住气。恶人们目的没达到,情急之下,便使出了更残酷的手段。他们派阿兼的姑母阿角住进津国屋,伺机杀害夫人和领班。此事让阿角一人做负担太重,恶人们又看中了店里的伙计长太郎。长太郎平日就对主人家的女儿小雪有意。恶人一党承诺事成之后,把小雪许配给长太郎,将此作为拉拢他入伙的条件。于是先由阿角预先宣扬夫人和领班似乎有染,再由这两个潜伏在店里的恶人,寻了个合适时机,按计划杀害了夫人和领班。这番计策顺利瞒过了世人,连检视的官员也没看出破绽,都道二人是殉情。

到此为止,事情都按照恶人们预期的方向发展。但这些秘密被桐畑的常吉看出端倪，这令恶人们感到不安。常吉从文字春处听来些详细内情，又去同半七商量。在思索亡灵的真面目时，半七突然想到了阿兼。阿兼外表看起来是个天真烂漫的小姑娘，平时就惯于装作小女孩模样，做些偷盗欺诈的恶行。半七有了怀疑，就让手下的人跟踪阿兼，发现阿兼去了浅草的小饭店，和池田屋的十右卫门碰头。十右卫门是津国屋家的亲戚。而且那个熊吉会偷偷去大桝屋，他的同伴说熊吉不时去大桝屋借钱当赌资。大桝屋的人也是津国屋家的亲戚。怀疑便越来越深了。半七当机立断，抓捕了熊吉，但熊吉很强硬，不肯从实招来。

不管熊吉招不招，恶人中有人被抓，这让一帮人都慌了手脚。源助慌忙逃走，躲了起来。津国屋那边也听到些风声，阿角和长太郎心神不宁。阿角套文字春家的小丫鬟的话，从她那里得知，师傅告诉了常吉很多事。大胆的阿角强作镇静，但年轻的长太郎却沉不住气。他恶向胆边生，想着干脆威胁小雪，将她拐到哪里去，不想半路杀出了前来阻拦的勇吉，自己却喝池塘的泥水死了。

如此一来，阿角也沉不住气了。如果就此消失不见，或许还能苟活一阵，但她这种女人的习性向来如此，居然恨上了文字春。阿角虽然不知道文字春具体说了些什么，但只要想到她将貌美的冈引带回家里，跟他饮酒作乐，还将他们一行人的秘密全都抖搂出来，就恨之入骨。不知道阿角是想去杀了文字春，还是要毁掉她的容颜，总之气数已尽的恶人阿角，奔到文字春家里，却落得个沉井身亡的下场。当然，死人不会说话，阿角真正的想法不得而知，但可以想象大抵如此。

恶人一行交代了他们的全部罪行。源助一度销声匿迹，但还是在去往千住的朋友家时被抓获。主犯池田屋的十右卫门和大桝屋的弥平次都被判了死罪，菩提寺的住持与阿兼被发配远岛，其他人被判重追放[1]。

怪谈结束了，值得顺便一提的是翌年桐畑和津国屋的两桩姻缘。一桩是常吉和文字春，一桩是勇吉与小雪。常吉二十六岁，文字春二十七岁。勇吉十七岁，小雪十八岁。津国屋这对只先立了婚约，待第二年再正式成婚。两对夫妇中，都是妻子年长一岁，其中不知有什么因缘巧合——木匠兼吉自作聪明地说。

"怎么样呢？错综复杂吧。"半七老人笑道，"正如我前面说的，这是个十分迂回的计划。在今人看来，或许觉得愚蠢，过去的人还真是有耐心。还能看出赚钱之难。津之国屋——听说原本应写作'津国屋'，但他家的门帘上写的是'津之国屋'。加了'之'这个字，可能是为了好读。津国屋的家业，连地皮带房产，加起来得有两三千两。那时候的两三千两，相当于现在的十万日元。要白拿这么多财产，绝非易事，得集结那么多人出谋划策，费那么些时日。要是今日，可能成立家破公司，在报纸上登些夸张的广告，就能用不干净的双手捞来几十万日元。天下竟有这样的好事，这是古人想也想不到的。要赚十万日元，居然得花这么多工夫，演这么多戏。想到这里，或许可以说过去的恶徒比现如今的善人还要蠢笨老实呢，啊哈哈哈哈！"

故事讲到最后，我才发现这依然不是真正的怪谈。我带着又上当了的心情，恍惚地望着老人的笑脸。

---

[1] 江户时代的刑法之一。流放罪分轻、中、重三级，重追放为最重的一级。

あま酒売

逢魔时刻的酒酿婆

※

只见因为之前的暴雨，大多数店铺和人家的门都半掩着，门里透出的微弱灯光将路上的泥泞照得惨白。雷门那边，一个女人的黑色身影，正如梦如幻般浮现。她光着脚，整个人湿漉漉的，只是那声音过于年轻与冷酿的，越走越近。世上多的是卖酒峭，让人胆寒……

就在此时，两顶往吉原方向去的轿子飞一般从旁经过，在轿旁灯笼的光照下，酒酿婆的身影又模糊地浮现在昏暗的夜色中。酒酿婆仿佛想起了什么一般，又叫卖起来：「卖酒酿啦……」

一

"又要我讲怪谈故事吗?"半七老人笑道,"时值秋日,今晚又下着雨,确实适合听些怪事。如今这类事越来越少见了,江户时代可不一样,我那时也算听过不少怪谈。但我经手的案件里,却鲜有关于商贩的怪谈。硬要说的话,给你讲过的津国屋事件算一桩吧。"

"那件事的确有意思,"我说,"还有没有类似的故事?"

"这个嘛……"老人若有所思,"我要讲的这桩怪事又有些不同。真相究竟如何,我到现在都不太清楚。"

"到底是什么样的案件?"我有些催促的意味。

"稍等一下,你还真有些性急。"

老人仿佛故意卖关子,悠然自得地喝起茶来。秋季的雨淅淅沥沥地下个不停。

"雨下得真大啊。"

老人侧耳倾听外面的雨声,微微抬头看了看头上的电灯,终于娓娓道来。

"那是安政四年[①]正月到三月间发生的怪事。相传有个卖酒酿的老婆婆,每日只在暮六时(傍晚六点)——俗称'逢魔之时'——

[①] 即1857年。

出来叫卖。女子力气小，挑不动担子，老婆婆就在肩上扛一个肮脏的包袱布裹着的箱子，四处兜售酒酿。这倒不足为奇。只是那个婆婆从不在白天出现，总要等到天黑，各处寺庙敲过暮六时的钟声时，才会像听到暗号般从什么地方蹒跚走出来。更奇怪的是，有人若犯迷糊，不小心走到酒酿婆旁边，就会得病。轻则睡个七到十天，重则会死，让人闻之胆寒。这件事越传越玄乎，有些胆小的人到了'逢魔之时'，都不敢出门去澡堂了。现在的人听到这类传闻，可能会笑说哪有这种蠢事，就不再放在心上。但那时的人都很老实，听到这事吓得发抖。况且这也并非空穴来风，的确有几人遇到酒酿婆后就病了。你怎么看？"

我一时不知如何回答，只是默默地看着半七老人的脸。老人也不以为意，继续为我讲述。

见过酒酿婆的人说，她看起来有七十几岁。头发像乱麻一样枯黄发白，一条手帕裹在头上，在后面紧紧地打了个结。上身穿一件几乎细到看不出袖管的瘦袷衣①，袷衣外披着手工织的无袖条纹棉马甲。因为衣服的一侧有些长，所以最下面的部分折上去了。她穿着草鞋，走在地上发出啪叽啪叽的声响，听来令人不快。无人能看清她的全貌。她的眼睛大大的，像猫头鹰；鼻子高耸，像鹰的尖嘴；牙齿似骷髅，白里泛黄……见过她的人总偏重描述某一点，却无法让人将这些特点组合在一起，拼凑出一张似人类的脸。

老婆婆绝非漫无目的地闲逛，她是要卖酒酿的。很多不知情的人买了她的酒酿，喝了倒不会中毒，而且也不是所有买过酒酿的人

---

① 初夏或初秋穿的带里子的衣服。

都会生病。走在街上不经意撞见她的人,也有无病无灾的。仿佛各有定数,有人遭灾,有人无事。老婆婆本身倒没做什么特别的事,而默默从旁经过的人,仿佛瞬间就被某种恐怖的灾难缠身了。

不可见的怪异灾难降临后,最初像是发疟疾,恶寒难当,十分痛苦。三四日过后,症状越发奇怪。病人会趴下,两脚伸长,两手也伸长,垂到腰间,动作像鱼游水,又像蛇爬行。行为虽怪异,但不会在家中乱爬,只是把被褥当据点,上下左右地来回乱窜。那情形与其说像鱼,倒不如说像蛇,照顾病人的人无不望而生畏。此念一起,再看病人,就越发觉得像蛇了——眼睛像蛇一般邪恶,嘴里还不时吐出红信子。这恶心的症状再持续个三五天,病人的高烧就会退去,突然恢复,病中种种全无记忆,不管旁人怎么问,一概不知。这只是轻症,重症病人的上述怪状还会持续数日,最终疲于病症的折磨,挣扎着死去,落得个凄惨的结局。

若只是一两人遭此厄运,还可以说是杀蛇的报应,但病人为数众多,总不见得都是见蛇就杀的人。再说其中还有些小姑娘,别说杀蛇,就连看到生肖画上的蛇,都会吓得瑟缩起来,故此遭蛇报应的说法也就不攻自破了。

"话虽这么说,病人扭曲蜿蜒的样子怎么看都像蛇。"

人们想,会不会是有些人自己未察觉,但无意间做了什么招惹蛇的事呢?自古就有众多人被蛇盯上的传说,况且不管怎样想,酒酿婆都像蛇的化身,因某些缘由降灾于世间男女老少。这个说法最终占了上风,人们说奇怪的老太婆其实是一条蛇。更有甚者说有个勇敢的男子跟在那个老太婆后面,看到她渡过不忍池[①],就不

---

① 位于日本东京上野恩赐公园的天然池塘。

见了踪影。那添油加醋的劲头，好像亲眼所见似的。还有人煞有介事地解释，须拜过不忍池的辨天①，且在巳日②请来那里的护身符，才可免于灾祸。

流言蜚语越传越甚，官府再也无法坐视不管。在那个年代，散布流言惹得人心惶惶，当受惩处。但官府欲灭捕风捉影的传闻，就得先入手调查引起骚乱的源头。酒酿婆出没的场所没有定数，因此整个江户城的冈引都接到命令，要求一旦见到酒酿婆的踪影，即刻抓捕，但不得让其受折磨。

八丁堀的同心伊丹文五郎叫来半七，小声叮嘱："不知道你对这事有什么看法，要是有什么差池，搞不好要被处以极刑。你要有这个觉悟，好好调查。"

"搞砸了要被钉在十字架上吗？"

半七用食指在空中比画了个十字，文五郎点了点头，说："不愧是你，够敏锐。我可不信什么蛇在作祟的说法，说不定是教会的人搞鬼。那些人也许用了邪术，你也看看有没有这方面的线索，仔细查一下。"

半七心中本就有这方面的怀疑，和文五郎的想法不谋而合。尽管如此，他一时半刻找不到方向，不知从何入手。半七回到家中，闭上双目思考片刻，终于对着厨房的方向叫了一声："我说，是谁在那里？"

"是我们。"

厨房旁边是个六叠的房间，善八和幸次郎正围着长火盆取暖。

---

① 旧时认为蛇是辨天（佛教中兼具智慧、辩才、才艺的女神）的使者，因此辨天也是蛇的别称。
② 在干支纪日法中，依次用每个地支代表一日，十二日一轮回，每轮排在第六位的日子就是"巳日"。巳与生肖蛇相对应，因此文中有此说。

听到叫声，他们纷纷起身，走了过来。

"你们听说过酒酿婆吗？"半七问。

"听过她的事，但是没碰到过。"善八答。

"伊丹大人给咱们派活儿了。这次不光是我一个人的事，你们也得参与。大家要齐心协力，尽快解决。你们分头行动，打探卖酒酿的批发商。这法子听起来笨，但这是必须走的流程。老太婆不可能在自己家里做酒酿，每天肯定得从什么地方进货，你们一家店一家店地问，有没有看到过一个奇怪的老太婆。这事谁都会做，但如果听到什么值得注意的情况，多长个心眼儿。"

正是三月末的晴朗春日，惠风和畅。和两个跟班吩咐完，半七吃过午饭，在家中待不住，漫无目的出了家门，沿着百本杭[①]往吾妻桥方向走，在大川端[②]悠闲地散步。向岛的樱花还没全谢，赏晚樱的男男女女不时成群结队走过半七身旁。在这热闹的人群中，有一个看起来备受折磨、无精打采的年轻男人，正低头走着。他仰起苍白的脸，看到了半七，随即眼神又胆怯起来，悄悄尾随半七。

半七起初装作毫不在意，那人小心窥探着半七的侧脸，又跟着走了三四间的样子，半七突然停下脚步道："我说大哥，你找我有何贵干呀？赏花时节跟在人身后，会被误会是要偷钱包哦。"

男人受此一喝，怯懦地小声说了句对不起，便呆呆杵在原地。真是个碍眼的家伙，半七想，头也不回地走了。走了半响才觉得不对，那个年轻男人，论样貌气质，不像鸡鸣狗盗之辈。虽不认识他，但或许对方认识自己，想说点儿什么，却因胆小而说不出口。如果

[①] 指江户时代江户的隅田川岸边。杭，指为使水流缓和而打入水中的木桩。旧时隅田川因水流湍急，打入诸多木桩，成为其特有的风景，因此而得名。
[②] 隅田川下游，尤其是从吾妻桥到新大桥一带右岸的总称。

是这样,不该跟他说话那么粗鲁。半七略带愧疚地转身回看,却再也不见男人的踪影。

二

第二天下七时（约下午四点后），善八与幸次郎又来到半七家的长火盆前碰头。二人连同其他跟班，把江户城中的酒酿批发商问了个遍，得知那个可疑的老太婆不去固定的店进货。一开始去的是位于本所①四目②名叫大阪屋的店，连着去了半个多月，就再没去过。最近去的店也在本所四目，名叫水户屋。连着去了大约三天后，水户屋就听说了她的传闻，有个年轻人偷偷尾随她，见她慢慢悠悠往浅草方向去了。只是酒酿婆走得太慢，又似乎没有尽头，跟在后面的年轻人最终失去耐心，无功而返，故此还是没能掌握她的行踪。或许酒酿婆发现有人跟踪她，那日之后，她瘦削的身影就没在水户屋出现过。这已是三月初的事了，此后酒酿婆又去了哪家店批发酒酿，再也没人知道。

"不过，老大，我们还打听到一件怪事，"善八说，"我想肯定和那个老太婆有关。据说是五六天前的下午发生的。浅草马道有家叫河内屋的当铺，那家的女佣阿熊去附近办事，竟满脸惨白地跑回来，把自己关在三叠的房间里，房门关得严严实实的，不肯出来。她看起来很是害怕，在房间里缩成一团。大家觉得奇怪，也不知道

---

① 江户时代东京的下町城区之一。
② 地名，位于隅田川东岸。

她路上撞见了谁。后来河内屋背后就来了个奇怪的婆婆，透过后门偷偷往里面瞅呢！于是店里的领班、学徒赶紧跑过去查看，后门果然站着个可疑的瘦削婆婆。店里的人虽感到诧异，但仗着是大白天，厉声对婆婆喊话。婆婆只是直直地瞪了他们一会儿，就走了。她一走倒好，那晚开始，一个领班和一个学徒就像得了疟疾般，又是打战，又是发烧，在被褥上不停扭动，请来医生也查不出得了什么病。两人都只是见过奇怪的婆婆，就变成这般模样，想来对方应该是酒酿婆无疑了。河内屋的人陷入恐慌。那时候去后门查看的，有两个领班和一个学徒，另一个领班却很走运，没生病，至今也没有异样。虽说没有全部中招，不也很奇怪吗？再仔细一想，那个老太婆不光晚上出没，白天也在那一带转悠，附近的人想到这一点，都害怕得不得了呢！"

"那个叫阿熊的女佣怎么样了呢？她没什么异常吗？"

"女佣倒没什么事。只说在去办事的路上，碰到了那个奇怪的婆婆，因为觉得对方看着吓人，拼命逃了回来。"

"你见到那个女人了吗？"

"没见着。只知道是杂货郎做的担保，让她在河内屋家做包吃住的女佣。年纪在十九二十岁左右，据说长得漂亮，在厨房工作有点儿可惜呢。"

"杂货郎又是怎么回事？"半七又问。

"杂货郎我认识，"幸次郎代为回答，"是个叫阿德的家伙，忘了叫德三郎还是德兵卫了。也才二十三岁，长得很白净。因为不务正业，在江户待不下去，就挑了卖货担子不知去哪里行贩了。去年七八月的时候，又回到江户，借了什么地方的二楼，还是做挑担子卖杂货的生意。"

"原来如此，我知道了。这样的话，你们找找这个叫阿德的家伙住在哪里，给我带来。我去趟那个马道的当铺，再打探一下情况。"

"我也一起去当铺吧。"善八凑过来说。

"就是啊，去了还不知道又要出什么事，你们还是一起去吧。"幸次郎说。

"那好吧。"

善八带路，半七到马道时，漫长的白昼即将过去，西边森林的阴影变得更加昏暗。

"天看着不妙啊。"善八抬头看着天说。

"嗯，的确不妙，说不定今晚要下雨。"半七答。

话音刚落，一阵旋风突然刮起，卷起如烟的尘土，不断翻滚。二人拿一侧衣袖掩面，沿着街边的屋檐继续往前走，暮色越来越深，不知何处传来了雷声。

就这样，二人总算来到河内屋的门帘前。善八立马透过账房的格子，对着领班喊话。

"我说领班，我们老大想找人问点儿事。这里不方便说话，能麻烦您出来一下吗？"

"来了来了。"

领班从账房出来，看着有四十五六岁，和站在门帘外的半七打招呼。

"你就是这里的领班吗？"半七拿手拂着脸上的沙土问。

"小的正是。我叫利八，在河内屋干了三十四年。请您多关照……"

"利八领班，我有话想问你。听说前几天，有个奇怪的老太婆在后门偷窥？"

"是啊，真是飞来横祸。店里的一个领班和一个学徒，到现在还躺着呢。"

据利八说，生病的领班和学徒还在发烧，像蛇一样半死不活地扭动着。店里的伙计们看着恶心，谁也不敢靠近。就他和店主人轮流照顾他们俩，但这都三四天过去了，还不见好转。根据坊间的传言，那时候奇怪的老太婆应该就是酒酿婆。其实昨天过了晌午，那个老太婆又来过。她在店前徘徊，周围有街坊看见了，还不知道又要起什么祸端，店里的人都惴惴不安。利八小声地跟半七这般说道。

"听说你们店里还有个叫阿熊的女人。"

"是。说是生在西国，过了年就十九了。去年九月，店里的用人突然病了，要请假，一时半会儿找不到顶替的人，正发愁呢。那时有个叫德三郎的卖杂货的，说正巧有这么个女人，问能不能雇佣她，因此店里就雇了阿熊。那姑娘人品不坏，为人直率，做事也很勤快。主人和我都为能找到这么好的女佣高兴。"

"阿熊在这儿有亲戚吗？"

"说是在芝方有个在武家做足轻[①]的亲戚。可能您觉得我们太大意了，但是有人手不足的事在先，再加上万事都有德三郎照应，所以阿熊的事我们也不太清楚……"利八捋着鬓角回答。

"后来阿熊有什么奇怪的表现吗？"

"倒是没什么特别的，只说因为被那个婆婆跟踪过，所以不敢出门，这让我们很不方便。但她那么害怕，也不是不能理解，所以再有什么要外出的活儿，就使唤其他伙计去了。但是阿熊也没生病，和往常一样在家里干活儿。您要找她的话，我帮您叫来？"

[①] 日本封建时代（从平安时代到江户时代）受雇于武士阶层的步兵。

"啊，先别叫。"半七摇摇头，"我们能不能绕到后面，从那边偷偷看一下？"

"那行，现在是傍晚，阿熊应该就在厨房做饭。请从旁边这条路走。"

半七踏上利八说的露天小路的沟板，这两三日天气渐暖，小路上已早早地有蚊虫声。半七拿手帕遮住脸，尽量放轻脚步，靠到河内屋的出水口旁，只见一个年轻的女子正手提水桶走过来。昏暗的暮色中，清晰浮现出她的白皙面庞。半七正这样想着，女子注意到半七的身影，小声问道："是阿德吗？"

半七不知道阿德说话如何，不便模仿声音作答，只好脸上盖着手帕默默地点点头。女子于是挨近了："你这段时间为什么不来了？难道你忘了我们的约定吗？"

半七依然不答，女子感到有点儿奇怪，冷不防伸出一只手掀起半七脸上的手帕。就着昏暗的光线，女子马上意识到认错了人，惊叫了声"啊"，连水桶都不要就逃回了屋里。

半七捡起落在地上的手帕，掸掸上面沾的泥土，听见头顶雷鸣轰响。

三

半七回到店前，利八和善八正在那里等他。伴着刚才的雷声，天上落下冰雹般大的雨点。利八劝他们先避避雨，半七不听，问当铺借了把伞就要走。

"老大，咱们合撑一把伞挡不住雨啊。"善八说。

"没办法，把衣服下摆卷起来跑吧。"

雷声越来越响，雨很大，像要把伞砸破般倾盆而下，闪电从两个人的鼻尖划过。

"老大，这样不行，我真是没出息，已经跑不动了。"善八说。

半七知道，善八最害怕打雷，正好也已经到了暮六时（傍晚六点）。他们便进了家小店，边躲雨边吃晚饭。雷声在他们进店后还响了好一会儿，善八的唇色都发白了。他看着眼前摆好的菜肴，连喜欢的酒都没怎么喝。半七跟他搭话，他也顾不上好好应答。

现在已经弄明白卖杂货的德三郎和阿熊的关系。一定是德三郎外出行商时，不知在哪里认识了阿熊，两人好上后，德三郎就邀阿熊一同来了江户。又因一时半会儿不知道怎么安排她，便举荐她去河内屋做包食宿的女佣。现在想来，那时在大川端和自己打招呼的年轻男人，应该就是德三郎。半七想起当时他苍白的脸，以及好像要跟自己说什么的样子。雷声渐渐远了，善八好像又活过来了一样，有了精神。

"老大，对不住，现在我好多了。真是倒霉，还没来得及换地方就遇到了这样的大雨。"

"现在雨也小了，快吃饭吧。"

两人草草吃过晚饭出来，已过了夜五时（晚八点）。雨下得很小，但闪电仿佛要吓唬善八一样，不时从伞上划过。往雷门走时，半七突然停了下来。

"喂，我们要不要再回河内屋一趟？我总觉得还是有什么不对。反正现在雨也停了，我们就借回去还伞，问问叫阿熊的那个女人怎么样了。"

于是两人折回河内屋。善八进店，问领班阿熊现在怎么样了。领班利八说应该还在厨房，又说保险起见还是去确认一下，就从账房去了后面。半晌，利八才慌慌张张地跑回来，说阿熊不见了。善八也吓了一跳，马上冲出去告诉半七。半七不由得咂舌道："被我搞砸了。我就知道那女人有问题，那时候应该直接把她带走的。可恶，跑到哪里去了？"

不知阿熊逃到哪里的两个人，一时呆立在当铺门口。这时却传来了女人的声音："酒酿，卖酒酿……"

两人像被梦魇附身一样，大吃一惊。往声音传来的方向努力望去，只见因为之前的暴雨，大多数店铺和人家的门都半掩着，门里透出的微弱灯光将路上的泥泞照得惨白。雷门那边，一个女人的黑色身影，正如梦如幻般浮现。她光着脚，整个人湿漉漉的，越走越近。世上多的是卖酒酿的，只是那声音过于年轻与冷峭，让人胆寒。半七虽略作踌躇，但还是催善八藏到路边的房檐下。声音的主人越来越近了。她肩扛装酒酿的箱子，全身湿透了。半七和善八屏住呼吸，只见她仿佛被什么指引般，来到河内屋前，就此停住。半七看见对方的确是一个老太婆，面貌与那年轻的声音极不相符，不由得心慌。

老太婆先环顾了一下河内屋正面，随后又走上去往后门的小路。半七也离开房檐，偷偷站在路口往里瞧，只见对方立在河内屋的水口处，往里面看了半天，终于又回到店前。是在这里抓人，还是先看看她到底要干什么？半七略作思索，最后决定默默跟在她后面。善八也跟着半七。二人早就打了赤脚，但怕脚踩在泥上的声音引起对方注意，特地拉开了五六间的距离。

离开河内屋后的小路，对方就不再叫卖，只默默低头走在路中间。

"老大，酒酿婆就是她，没错吧？"善八小声说。

"看过河内屋就走，肯定是。"

他们小声交谈之际，酒酿婆好像消失了，两人不由得吓了一跳。就在此时，两顶往吉原①方向去的轿子飞一般从旁经过，在轿旁灯笼的光照下，酒酿婆的身影又模糊地浮现在昏暗的夜色中。酒酿婆仿佛想起了什么一般，又叫卖起来："卖酒酿啦……"

这声音响彻寂静的夜晚。从旁经过的一顶轿子，闻声立刻停了。一个武士模样的男人掀开轿帘，径直冲婆婆走去。两人你来我往地说了两三句话的样子，灯笼光中突然闪过白色的刀光，武士拔刀将婆婆斩倒在地。婆婆一声没出，就如同枯木倒在泥泞的路中央。武士收刀走回轿子欲离开，半七跑上前，拦住轿子："请留步，我是町奉行的人，刚才你这是试斩②，还是有什么缘故？"

哪怕身为武士，无故用人试斩也是犯罪，情节严重甚至会获罪。若杀人后顺利逃走另当别论，但碰巧被捕吏撞上，就没那么容易脱

---

① 江户时代的烟花巷所在地。
② 日本封建时代武士为了试刀，斩杀动物或人的行为。

身了。正要离开现场的节骨眼儿，被人逮了个正着，武士看起来相当为难，犹豫该如何作答。另一名武士从前面的轿子上下来了。两个人看起来都是年轻武士，但刚下来的这个似乎更老成些，对半七辩解说他们绝非无故斩人，只是其中详情，实在无法言明，也不便告知主家姓名，拜托半七放过，只当作没看见。半七自然不依不饶，再三强调既然被自己撞上，就没有对当街杀人视而不见的道理。这自然是正当理由，其实还有一层缘由。半七一路追查到此的线索，却被突然出现的武士斩断，实在恼火。因此定要将那个武士正法，才能解此恨。

半七揪住不放，武士很为难，甚至提出能否出钱和解，半七怎么也不肯答应，硬把两人再度塞回轿子里，拉到了附近的自身番。斩杀婆婆的武士似乎下定了决心，表示"不管你们说什么，我都不会说出主家姓名，若把我交给官府，我就在这里切腹自杀"。

到了这地步，半七又有点儿可怜他们，强行相逼也不是办法，于是把另一个武士叫来，低声好言相劝："我也看出来了，你们肯定不会乱杀人。哪有两个人一起乘着轿子，当街斩人的。而且就我看，刚才是婆婆叫了声'卖酒酿'，那武士才急忙停了轿子出来，其中必有缘由。你们应该认识那婆婆吧？如果认识，请告知原委。若能让我们知道原因，我们也不再问主家的姓名。说实话，这几日我一直在找这个婆婆。你们横插一脚突然把人杀了，我的活儿都白干了。所以请对我说实话。可能你觉得我像在诱供，但若能告知情由，绝不再跟你们过不去。"

话说到这一步，武士开始还犹豫不决，却架不住半七的一再相劝，终于退回里屋，和另一名武士窃窃私语了一番，最后下定决心似的说："那么，我们不说主家姓名。"

"可以。"

为了解事情原委,半七一口应承。正在半七竖起两只耳朵等武士开口,寻思着不知将听到怎样的秘密时,有人慌慌张张地跑进来:"啊,老大,还好你在。卖杂货的那个家伙,不得了啊……他把那女人给杀了!"

来者正是去找卖货郎住所的幸次郎。

四

幸次郎去找卖货的德三郎，得知他租的房子在田町附近的山货店二楼，去了发现对方不在家。幸次郎打算回头再来一趟，出了山货店，谁知顷刻间雷雨来袭，只好跑到附近认识的人家避雨，待雨小了再去山货店。之前去时在一楼的婆婆已经不在了。幸次郎窥看二楼，却在昏暗的灯光中，看到一个年轻女人浑身是血地趴在地上。女人旁边的德三郎，正手握浸透鲜血的短刀，魂飞魄散地呆坐一旁。这一看就是德三郎杀了女人，幸次郎迅速将他手上的短刀击落，用绳子将人绑起来。德三郎没有反抗。

幸次郎查看倒在地上的女人，还有微弱的气息，于是叫住在附近的人帮忙找医生，可医生来时，女人已经断气了。为了报告这事，幸次郎让附近的人帮忙看住被捆着的德三郎，自己先行赶了回来。

婆婆被杀和女人被杀，这两件事之间似有关联。半七着人迅速将德三郎带到自身番。面色惨白的德三郎被五花大绑地牵来，他正是那日半七在大川端遇见的男人。

"喂，德三郎，你认识我吗？"

德三郎无言地低下头。

"我虽然还没见着，但你杀的女人一定是河内屋的阿熊吧。你可闯下大祸了。为什么要杀她？老实招来！"

"大人，那是看岔了。"德三郎喘着粗气说，"我绝不会杀人。是阿熊自己往胸口刺了一刀。我慌慌张张把刀子拔出来，已经来不及了。"

"短刀是她的东西吗？"

"不是，短刀是我的……"德三郎吞吞吐吐。

"说清楚！"半七喝道，"你的刀，怎么会到她手上？你一个生意人，怎么会有短刀？"

"是。"

"'是'什么？别指望说声'是'就蒙混过关，好好说话！我就发慈悲给你杯凉水喝，你冷静一下，慢慢说，知道吗？"

善八端来一碗水，德三郎喝了个精光，开始断断续续地讲述。他出生在浅草一个还不错的服装店家庭，但由于放荡不羁，败光了家产，只好离开江户，挑着杂货担子，从一地流浪到另一地，从京都到大阪，再经中国，去了九州。在一个地方的下町停留时，结识了离下町一里路的小村庄的女人，那女人就是阿熊。她和母亲阿网住在一起，二人相依为命。那个村子有个习俗，不允许村里人与外乡人结婚，阿熊就抛弃母亲逃了出来。德三郎和阿熊交往，最初不过是当作行商路上的一桩艳遇，并没有一定要带她私奔的觉悟。但被阿熊爱上，似乎再难逃世间因缘的裹挟。

阿熊有那片土地上蛇神的血统。

蛇神的血统十分恐怖。有这种血统的人，生来就有一种奇妙的魔力——被他们凝视过的人，很快就会发高烧。不仅如此，由于身体很热，过于痛苦，生病的人会像蛇一样扭曲蜿蜒。蛇神之名由此而来。不过，让对方生大病，不是只要睁大眼睛盯着看就行，还得在看的时候伴随某种强烈的情感，诸如忌妒、憎恶、怨恨、羡慕、诅咒、倾慕、悲伤、喜悦、恐惧等。只有心中伴随强烈的感情，他们的眼神才会有可怕的魔力。因此，有蛇神血统的人，自己也无法故意施展这种魔力。若只是想稍微恶作剧，想着"让那个人受点儿罪吧"，就凝视对方，绝不会有效果。也就是说，想让这种血统发挥作用，需要配合内心深处自然涌现的情感，既无法强行压制，也不能强行作用，只能顺其自然。禁止村里人和外乡人结婚，主要是出于这个原因。

德三郎初遇阿熊时，也得过这种奇怪的热病，深受其苦，但病中也多亏阿熊的悉心看护。病好后，德三郎发现其中缘由，却为时已晚。就算欲抛弃阿熊逃走，阿熊也是断然不肯的。德三郎害怕强行提出分手，阿熊会用恐怖的眼睛盯着他看。另一方面，阿熊将自己有蛇神血统的事和盘托出，哭求德三郎不要抛弃她，德三郎也心软了。德三郎想，说到底这也是因果缘分，于是下定决心要带阿熊私奔。

让德三郎决定私奔的另一个原因，是听当地老人讲了一个传说，相传有蛇神血统的人，一旦越过箱根，就会变成普通的人类，再也无法施展神奇的力量。这样似乎就没什么可怕的了，德三郎又多了几分安心，和阿熊一起回到江户。九州的蛇神踏上江户的土地，似乎真的成了普通女人。不知道是不是心理作用，德三郎觉得，就连阿熊眸子的光都柔和了很多。阿熊毕竟是个容貌姣好、情深义重的女子。她孑然一身，投奔德三郎，除了他再没别的依靠，这也让德三郎觉得她着实可怜。两人的爱情总算越发深厚。但德三郎终究只是个挑担子卖货的小商贩，想在江户城中养活自己和阿熊两个人，还是太困难了。二人商量之下，决定暂且分开工作，阿熊经男人介绍住进了河内屋。好在河内屋离德三郎住的地方不远，阿熊不时借主人派她外出的机会,去德三郎处相会。

就这样相安无事过了小半年,今年春天却发生了一件威胁到两人的事。二月中旬的一个傍晚,德三郎在卖货归途中,于浅草的广德寺前,遇到一个正在卖酒酿的老婆婆,正是阿熊的母亲阿网。阿网眼神敏锐,一眼就看到德三郎,快步跑上前抓住他的袖子不放,叫着"我女儿在哪里,快把女儿还给我"。德三郎像被死神缠身,惊恐异常,一心想着逃命,推倒阿网跑了。当晚就他发起高烧,一连十日像蛇一样蜿蜒痛苦。

看来,过了箱根蛇神就不再作祟的说法并不可信。阿网为了找女儿,从九州到江户,远道而来。这强烈的执着,令德三郎感到恐怖。他对阿熊讲清缘由,想让她回到母亲身边。阿熊却怎么都不肯,又哭又闹,表示若要和男人分开,回归故里,宁愿去死。这下德三郎也没了法子。这期间,有关奇怪的酒酿婆的流言四起,只有德三郎和阿熊知道,那就是阿网。为了不被母亲找到,阿熊开始尽量避免外出,德三郎却越想越不安。世间有关酒酿婆的传闻越盛,他就越害怕,只怕再被阿网抓到,命就要没了。生活在这种恐惧中,德三郎如同行尸走肉。

在这般不安中度日的德三郎,那日偶然于大川端遇到半七。德三郎知道半七,对方虽然不认识他,德三郎还是欲将事情原委和盘托出,想着或许能得到半七的帮助,却因胆怯没能开口。命运织就的网,一天天在收紧。阿网在江户打探了这些时日,终于察觉女儿就躲在河内屋。于是常常在那附近转悠,还让领班和小伙计都遭了殃。德三郎恐惧到了极点。过度的恐惧使他下了个更可怖的决心,他打算下次再见到阿网,就杀了她。于是买来短刀,每日外出卖货时都揣在怀里。

这天晚上阿熊又偷偷溜到德三郎租借在山货店二楼的房间，两个人就这个重大问题反反复复争论。德三郎给女人看了他的短刀，表明自己最后的决心。德三郎又说，其实并不想杀人，若事情败露，自己也会没命。如果阿熊就此对他断了念想，老实回到母亲身边，那三方都可无事终了。他试图努力说服阿熊，就此斩断缘分，她却怎么也不肯听，只是一味地哭。末了阿熊激动地站起来，突然夺过男人手中的短刀，照着自己的胸口深深刺了一刀。流着蛇神之血的年轻女人，就这样惨死了。

"真是很可惜，要是我们早来一点儿，说不定就能救她……"

两个武士听完这个悲伤的故事哀叹道："事到如今，我们也不必隐瞒，我们和那个蛇神女，来自一个国度。"

他们果然是西国的某藩士，早就知道蛇神的事。这阵子江户出现了奇怪的酒酿婆，传闻怎么听都像是他们的蛇神作祟，以至惊动了江户的武家。若被外面的人知道，他们的领地上有这样一个奇怪的种族，整个家族的声誉都会受影响，因此藩主命令所有的年轻武士一旦发现酒酿婆，格杀勿论。今夜的两个武士正是为这个任务而来。不能对半七讲明原委，虽有不可外泄主家姓名的缘故，但还有一层缘由，实属时机不巧——他们二人正在去吉原寻欢作乐的路上。他们的主家纪律严明，严禁武士出入烟花柳巷。因此被半七抓了个正着且严加斥责，是宁死也不能说出主家和自己身份的。

"这件事就算解决了，"半七老人长叹一口气，"照这么看，谁都不是犯人。按那时的风俗，武士为这种事斩人，也不会被追责。因着这，我将事情内部处理了，只对八丁堀的大人报告了真相。虽说德三郎没有犯罪，但终究是他把女人带回江户，招致了这样的祸端，本该发配到远岛，最后还是从轻发落，让他在江户受罚。后来他欲出江户行商，在神奈川逗留的那晚，突发高烧，最终挣扎着死在了那家旅店。也可谓因果报应吧，着实可怜。但德三郎本人也就罢了，别人为何受蛇神作祟，就不得而知了。可能就是前面说过的原因，那些人经过酒酿婆身边时，被她看到了。酒酿婆看过去的眼神中，或饱含羡慕，或因对方无礼而充满愤怒。这样即使对方没有察觉，也在不知不觉间受到了蛇神的诅咒。真是个相当诡异的故事。到头来，蛇神究竟是个什么来头还是不得而知。我问过一个有交情的九州人，那人说，四国的犬神、九州的蛇神，自古以来就很有名。听上去难以置信，除了蛇神家族外，在异乡的土地上，还有其他家族，也出于某些缘由，绝不和外乡人联姻。这又是另外的故事，就先不在这里展开说了。在过去，每个国度都流传着类似的不可思议的传说，时至今日都已绝迹。你若去问学者，他们或许会说，那不过是某种催眠术罢了。"

かむろ蛇

披肩蛇

只见路旁的大杉树间,站着一个少女。

少女看起来十二三岁,肤色苍白,面容清秀,穿着白底鳞纹的新新单衣,系一根淡青色腰带。这些倒不打紧,引起三人注意的,是少女的黑发——她留着切秃发型。

如前所述,这段时间因为疫病流行,来明神山参拜的人也多了起来。人们几乎要忘了披肩蛇的恐怖传说,但传说并没有消失。在天色阴沉的日子里,三人遇到这样一个少女,突然被异常的恐惧攫住。她们的脸色变得如同少女腰带的淡青色,一时立在原地动弹不得。

一

　　一年夏天，我从房州旅行归来，带了刚买的土特产去拜访半七老人。老人说自己年轻时没有去过避暑旅行，因此很高兴地听我讲海水浴场的事。

　　我说到爬锯山时遇到很多蛇，老人皱眉笑了："我认识一个人，去拜锯山的罗汉，倒是没听他提到蛇。遇见了也无可奈何，只是心里实在瘆得慌吧。说起蛇，我讲过的《妖怪师傅》的故事里，就有蛇将师傅绞杀的事。还有个故事，又与那个不同，不过想必你已经不再想听有关蛇的事了吧？"

　　"没关系，请讲给我听吧。"

　　"那我就说了。按照惯例，故事开始前，我得先说明一下。不如此，今天的人可能会有些听不明白的地方。你知道，小石川有个叫小日向的地方。小日向范围广，有许多别称。我们的故事，就发生在小日向的水道端。明治时代之后，水道端被分成一丁目和二丁目，江户时代两处合在一起叫水道端。水道端如今属二丁目的地方，有个曹洞宗的寺庙，叫日轮寺。从寺的左侧往上走，后山有个供奉冰川明神的神社。原本日轮寺和冰川神社在一处，明治初年禁止神佛混淆①，冰川神社就搬出来，和服部坂的小日向神社合并了。神社的旧址空了一段时间，现如今东京府砍树征用了那块地。

"因此，虽然如今那里已经没有冰川神社了，但在江户时代却是个蔚为壮观的大社，还被收录进《江户名所图会》②。相传那座明神山上有怪物，名叫'披肩蛇'，它体青头黑，因为头部和过去孩童切秃③的发型很像，所以又唤秃蛇。传言绘声绘色，好像亲眼见过一般。还有一种说法，若阴天在明神山的森林里见到留切秃发型的可爱女孩，那就是披肩蛇的化身。见到女孩的人，会在三日内死去。当然很少有人遇上，但安永年间，据说在水道端荒木坂开和服店的松本屋忠左卫门的儿子，就是在从明神山回来后的两三日内死去的。据说那儿子死前确实在明神山看见了披肩蛇。

"除此之外，还有两三例类似的传说。因此夜里自不必说，人们会尽量规避在清晨、傍晚、阴天等时刻登明神山。不去此山附近，固然最万无一失，但冰川明神是小日向一带的总镇守④，不得不拜。拜冰川明神的时节，为每年旧历的正月、五月和九月的十七日，据说这些日子，披肩蛇会避而不出。到底是真是假，即便我们此刻讨论，怕也难有定论。但以前的人都深信不疑，所以你就带着这个预设听下去吧。"

安政五年⑤七月到九月间，江户霍乱流行，即所谓的"午年大霍

---

① 指明治元年（1868年）的神佛分离令，明治政府为推行神道教国教化的政策，要求神社摒弃一切佛教要素。
② 江户天保年间刊行的江户城地志。
③ 日本旧时儿童的发型之一，长度齐肩，发梢齐平。
④ 保一地平安之神。
⑤ 即1858年。

乱"。那时的人们，面对迅速蔓延的病毒，却不懂防疫，只知道祷告，期望神佛救赎。各处神社人头攒动，就连平日相对冷门的小日向的冰川神社，那时候也香火不断。可见比起传说中的披肩蛇，人们更怕眼前的霍乱。

疫病流行这年，秋季虽至，残暑未消。八月末的一天，小日向水道町一家名叫关口屋的烟草店的女儿阿袖、母亲阿琴及女佣阿由，三人一同去参拜冰川神社。关口屋是家老字号，还另有地皮房产，店里除了两个小学徒，另外还有三个年轻伙计、三个女佣。店主人次兵卫四十一岁，老婆阿琴三十七岁，女儿阿袖十八岁，上一代店主人夫妇二十年前相继去世了。

因为住得近，三人过午才出关口屋。这日早上还是大晴天，到了四时（上午十点）左右却时晴时阴，凉风习习。三人走出町内，在沿上水堀前行的路上，遇到两场葬礼。去世的人，怕都是得了霍乱吧，三个女人路上如此猜测，心情也变得沉重起来。

到了日轮寺，再登上后面的明神山。这日难得，她们三人竟然连一个别的参拜者也没碰上。秋蝉在长满高大杉木的林子中鸣叫。她们在冰川神社前磕头跪拜，照例求一家人无病无灾。天空终于阴沉起来，加之人在树荫下，越发感觉已是迟暮。

"天好像有些不好。"参拜完，阿琴抬头望天。

"趁没下雨，赶紧回去吧。"阿由催促道。

不知不觉间蝉鸣停了，四周静得有些吓人，寒气带着重量向三人压来。要是这会儿下雨就麻烦了，三人稍微加快了步伐下山。突然，阿袖似乎看见了什么，停住脚步，默默地拉了拉母亲的衣袖。母亲阿琴也立住了，阿由也跟着停下。只见路旁的大杉树间，站着一个少女。

少女看起来十二三岁，肤色苍白，面容清秀，穿着白底鳞纹的崭新单衣，系一根淡青色腰带。这些倒不打紧，引起三人注意的，是少女的黑发——她留着切秃发型。

如前所述，这段时间因为疫病流行，来明神山参拜的人也多了起来。人们几乎要忘了披肩蛇的恐怖传说，但传说并没有消失。在天色阴沉的日子里，三人遇到这样一个少女，突然被异常的恐惧攫住。她们的脸色变得如同少女腰带的淡青色，一时立在原地动弹不得。

阿由十九岁，比阿袖年长，平时刚强好胜，在这种场合也没有光顾着发抖。她小声提醒主人："若被她发现就完了，我们逃吧。"

好在少女没有正面对着他们，三人都是从侧面看到的少女。若赶紧逃跑，或许可以不被察觉，幸免于难。但如果立刻就跑起来，又恐少女听见。阿琴悄声嘱咐二人，用两袖掩住口鼻，不要被少女听到气息声。

三人尽量放轻脚步，从林立的杉树前走过。最害怕的当数阿袖，她拖曳着瑟缩的双脚，却不知被树根还是石头绊到，一下子摔倒了。阿琴和阿由都吓了一大跳。事已至此，就顾不得脚步声了，她们慌慌张张拉起阿袖，一人搀扶阿袖的一只手，拼命地拖着她跑起来。下山出口处乱石堆积，她们沿着下坡几乎滚落一般地逃下去，总算来到寺庙的正殿，才喘上一口气。阿袖已经面无人色，说不出话来。

阿琴问寺里的男人要了水给阿袖喝，自己和阿由也喝了。下山后，天气好像突然又热了，阿袖拧了把手帕，擦拭脸上和胸前的汗水。她没有将在山上遇到奇怪少女的事，告诉寺里的人。

"回家后也不要说，跟任何人都不许说。"阿琴牢牢叮嘱阿由。

三人心神不宁地回到关口屋，阿袖最为神思恍惚，晚饭也没怎么吃。

今日之事，阿琴连丈夫次兵卫也没说。她既不想让丈夫多操心，也害怕将这恐怖的事宣之于口。翌日，阿琴再度对阿由强调，明神山之事务必不可外传。三人当时只知道逃命，没有回头看，也不知那个少女有没有看见她们。阿琴在内心默默祈祷，希望没有被少女察觉。

这时节，不知谁说的，要驱走疫情，需要在檐下挂八角金盘的叶子，因为八角金盘的叶子形状像天狗的羽毛团扇。关口屋的人本不信这些，但正值疫病流行，人家说有用，便依葫芦画瓢照做就是。好在自家院子里就有棵大八角金盘树，就折了叶子挂在房檐下面。

第二日午后，阿琴到店里，见檐下挂着的大大的叶子已经枯萎，在秋风中沙沙作响。枯叶怕是不能辟邪，阿琴便又从院子里折了新叶，也不找人帮忙，自己去换旧叶。却突然发现旧叶上好像有虫咬的痕迹。再仔细一看，虫咬的痕迹像是潦草的假名文字：おそでしぬ——阿袖要死了。阿琴惊惧不已。

阿琴叫来阿由，给她看八角金盘的叶子。阿由从虫蚀的痕迹上也读出了"阿袖要死了"。八角金盘少有虫咬，何况是这样的枯叶，竟被虫咬出"阿袖要死了"的信息。

昨日和今日的经历，让阿琴觉得全身的血液仿佛都凝固了。

二

关口屋后有四间出租的长屋，都属关口屋所有，其中一间住着个名叫年造的单身年轻木匠。年造身为年轻手艺人，疫情当前，还依然少不了喝酒及夜晚外出。这般不保养，终于被疫病之神光顾，半夜开始上吐下泻，第二日午后死了。

年造是单身汉，就由他的朋友和住在附近的邻人给他举行葬礼。年造是关口屋的房客，因此关口屋送来香奠[①]，以示慰问。

"疫情终于也来到咱们家这一带了。"主人次兵卫皱眉道。

人们知道疫病传染，却不知道预防的办法，这就更加深了邻人的恐惧。这时期，人们害怕传染，较少去得疫病去世的人家里守夜和吊唁。即便如此，年造家也留了五六个附近的人，走个守夜的过场。住在年造隔壁的，是个叫大吉的烟草商。大吉也是单身，说是烟草商，其实没有店铺，只挑担子卖烟丝。主要卖给各个大名家住长屋的值班武士，或者附近的寺社。大吉不光住关口屋的长屋，烟丝也从关口屋进货，因此和他家交往甚密。

大吉和年造两人仅隔一重墙壁，又都是单身汉，关系较好。年造前夜得了病，也是大吉停了生意照顾，今夜守夜的人中自然也有

[①] 在葬礼上，送丧家的钱和大米等物品。

大吉。残暑未消，守夜的人怕房间紧闭以致病气不出，就将年造狭小家中的门户全部敞着。

这夜五时半（晚九点）左右，外面的小路上响起狗叫声。大吉从年造家探头望出去，只见井边有个白影。家里的灯光照到外面，所以大致可以看到那个影子，是个穿白底单衣的少女。少女站在关口屋后门，从门缝间向内打量。大吉旁边坐着甚藏，也是此处长屋的住客。大吉拉了拉甚藏的袖子："那是谁家的孩子？"

甚藏也探出头看，外面的狗依然叫着。少女似乎害怕狗，离开后门，默默地沿着小路走了。只见她穿着草屦，却听不见脚步声。

"是个面生的孩子呢。"大吉又小声说。

"嗯，好像不是这一带的人。"

甚藏回答，但并未放在心上。大吉似乎有些在意，穿上木屐跑到外面的小路上看，却不见少女的踪影。

"到底是谁家的孩子呢？"

大吉还在思忖，别人却和甚藏一样，都不怎么在意，也没兴趣探究，就这样不了了之。年造死于传染病，人们本应第二日早晨就将他送进火葬场，但由于死者众多，连棺材都来不及做。相关人员又恐惧地守着尸体多过了一个白昼。

这日午后，有个三十岁左右的男人在关口屋前站住，问道："这里是否有个叫年造的木匠？"

"年造得霍乱死了。"店里人答道。

"得霍乱死了？"男人重复道，看起来有些慌张，"居然有这种事，什么时候死的？"

"昨日午后……"

"哎呀，哎呀。"男人咋舌道。

又听说葬礼还没结束,男人忙跑去店后的小巷,在弥漫着线香的门前站住,对里面打招呼:"请问,年造死了吗?"

"昨日过世的。"门口的大吉回答,"请问您是……"

大吉以为是来吊唁的,却见男人随随便便地冲进来,看着横卧在六叠房间一角的木匠尸体,气呼呼地咋舌道:"可恶,算这家伙走运。"

说得霍乱死了的人走运,这是怎么一回事?在场的人听了,都吃惊地盯着闯进来的男人。来者见大家的眼神,开始解释。

四天前,汤岛天神[①]下的棺材铺的伊太郎被人杀害。如前所述,这时节因疫病而死的人多,棺材铺都忙着做棺材。很多店忙不过来,又临时雇了些木匠、桶匠帮忙。独当一面的手艺人,自然不想做棺材,但那些手艺不太好的年轻工匠们,乐得赚这份高薪水,纷纷去棺材铺帮忙。年造也是其中之一,这阵子在伊太郎的店里工作。

伊太郎被人杀害,应该是谋财害命。对棺材铺来说,疫病成了福神,让生意兴隆的伊太郎意外地赚了钱。但疫病也成了祸端,使得伊太郎被杀害,伊太郎的老婆负伤。经追查,伊太郎雇佣的木匠年造有嫌疑,男人正是为了抓年造而来。对年造来说,比起被抓住判重罪,自然是得病死了好。男人说他运气好,也就不足为奇了。

抓人却扑了个空的男人,是神田半七的手下善八。此番虽扑了个空,但不能白跑一趟。善八还得调查年造平时的举止、死前的情形,听邻人说隔壁的大吉素来和年造关系最好,就叫来大吉。善八在井边的柳树下问了大吉一些话,就暂且回去了。

"真是让人吃惊啊。"

[①] 即汤岛天满宫,东京都文京区的神社,通称汤岛天神。

"人不可貌相啊。"

"平时虽见他纵情享乐,但没想到是会做出这般可怕行径的人。"

人们对因霍乱死去的年造,顷刻间不再同情,都说他是个走运的家伙。但事到如今,也不好扔下他的遗体不管,只好不厌其烦地等待天黑。暮六时(傍晚六点),棺材送到了,人们马上把年造的遗体装好抬了出去。

死者是店里的租客,房东不可袖手旁观,关口屋也应该出个人送行。即使主人不亲自去,也应有人以主人的名义前去。可这次死的人不光得了霍乱,又听说可能有罪在身,店里谁也不想去。这倒情有可原。关口屋众人正踌躇之际,女佣阿由却说她愿意去。

"你一个女人家就算了吧。"阿琴劝阻道。可阿由说:"如果谁都不去,总归不好,还是我去吧。"最终还是让她去了。

"难道阿由不怕霍乱吗?"

"什么啊,是想和阿大一起去呗。"

其他女佣小声议论。烟草商大吉二十三四岁,是个肤白貌美的男人。

秋日傍晚,小路上提灯的光寂寂摇动,一行人送走年造的棺材。过了五时(晚八点),阿由回来了,说千住的火葬场堆积了五六十口棺材,怕是一时半会烧不到年造。因此就让他们先将年造的棺材放在那里,七八日后再去接骨灰。疫病流行,关口屋早就听说不管是火葬场还是寺庙,都已人满为患,再听了阿由的这番话,一家人神色黯然。

阿琴自然比别人多一重心事。阿由偷偷对阿琴说:"昨夜给年造守夜的人,好像见着个穿白衣服的女子,从后面的木门看咱家呢。"

"从后面看咱们吗?"阿琴的脸色变了。

"是烟草商阿大看见的,阿甚也说看见了。"

披肩蛇、八角金盘的叶子,阿琴正为这些魂不守舍,再听了这番话,只觉得头晕目眩。难道穿白色和服的女子,从明神山上下来了吗?莫不是要追着阿袖索命来了。

一直以来,阿琴不让阿袖和阿由跟人说路遇那少女的事,自己也藏在心里,这下却再也憋不住,将一切都对丈夫次兵卫说了。次兵卫绝非没有头脑的人,他从商已久,有延续关口屋这块老招牌的气量,但笃信神佛,甚至有些过于迷信。阿琴之所以一直瞒明神山一事,也是怕万一说了,让丈夫过度担心。

次兵卫听了这事果然大惊,只知道含泪叹息。似乎觉得被披肩蛇诅咒的女儿,已经命有定数,不可挽回了。

三

八月的最后一日，秋风骤起，接着到来的九月初日也很凉爽。

"再怎么热，毕竟是秋天了。这下霍乱该消停了吧。"

半七和老婆阿仙说着话，将单衣合拢在一起，却见善八早早地来了。

"天突然变凉了呢。"

"我们正说着呢。阿善，疫情怎么样了？"阿仙说。

"还在流行呢，"善八答道，"虽说凉风起了，但不会马上就停。从七月到八月，真是死了不少人啊。"

"坏人死了也就算了，好人也死了真是不得了。"阿仙说。

"对于我们这行的来说，坏人得病死了也麻烦啊。辛辛苦苦追查了一路的犯人，到头来却被霍乱带走了，可不是开玩笑的。就说最近汤岛的案子……好不容易追查到小石川，结果木匠那家伙得了霍乱。真是扫兴得不得了。"

讲到这里，善八压低声音说："说起这个，老大，现在小石川那边，又有了奇怪的传闻。"

"什么奇怪的传闻？"

阿仙站起来走开，半七面向善八问道。

"您知道的，杀人的木匠住在水道町的烟草屋后面，"善八继续道,"那家的房东——卖烟草的关口屋,是家老字号。这家店有家底,邻居的评价也好。有个年轻的女佣阿由,就在两三日前死了。"

"也是得霍乱死的吗?"半七问。

"不是得霍乱,这个嘛,是猝死……关口屋马上叫了医生,但已经来不及了。据说死状奇怪,关口屋对家里的伙计和女佣都封了口,不让往外说。光这点已经够让世间流言纷纷了。谁知阿由的父亲,却不认女儿的死因,不肯领走女儿的尸体。疫病流行的时节,死尸不好一直这么放着,直到名主和五人组①的人介入,阿由的父亲才总算把遗体带走。但依然不肯善后,就这样拖着还没处理。"

"阿由的父亲,为什么不认领?尸体有什么可疑的地方吗?"

"好像是的,这又牵扯到另一桩怪事……据附近邻居说,是明神山的披肩蛇作祟。居然真的会有这种事吗?"

"明神山的披肩蛇……"半七沉吟道,"从前就听过这个传说,不知道真假。那么,阿由在明神山遇到蛇了吗?"

"关口屋的老板娘、女儿和阿由三人参拜冰川明神,据说在回来的路上碰到了。但不是蛇,是个留着切秃发型的女孩子……"

"女孩子啊……"半七又陷入沉思,"所以说阿由是受蛇的诅咒死的对吧?猝死有很多种情况,那个阿由死状又如何?"

"关于这个也有很多传言,我唬了个叫千代的女佣,她是这么说的……"

关口屋有阿由、千代、阿熊三个女佣,阿由是内勤,另外两个则在厨房干活儿。那日晚上天还热,三个女佣在四叠半的房间里睡觉。她们将面朝后门空地的雨窗稍微开了些,挂一顶蚊帐,在地上铺了

---

① 江户时代,按五户一组对町上的人家进行编组,形成类似互助小组一样的组织管理制度。各组的管理者按职能分成名主、组头、百姓代三种。

三张床铺并排睡。三人都是年轻女性，正睡得东倒西歪，半夜却听见阿由突然发出声响。睡在两边的千代与阿熊吓了一跳，立刻醒了，只听阿由似乎小声叫道："蛇……"二人大惊。

千代和阿熊吓得只知道从蚊帐中滚爬出去，去厨房拿了行灯回来照明。只见阿由正在铺盖上蜿蜒，看起来十分痛苦。两个女佣又慌忙去叫醒店里的男人，听到嘈杂声，店主人夫妇也起来了。学徒去叫关口屋的医生。

因为发生在半夜，医生没能马上到。阿由在医生赶来前死了。医生无法判明死因，想到阿由死前叫道"蛇……"，只说阿由怕是被蝮蛇之类的毒蛇咬了。那时候，那一带尚有很多森林与山岗，武家宅邸内的空地和草地也多，蝮蛇之类的并不罕见。说不定是从开着的雨窗里爬进去，偏不巧咬了倒霉的阿由。如今蛇不见踪影，让人放心不下，家里不管是伙计还是学徒，全数出动寻找毒蛇。可将屋子和庭院里里外外搜了个遍，就是没有找到。

关口屋死了个女佣，家丁们一时哗然，店主人一家却显得异常平静。男主人次兵卫和老婆阿琴什么也没说，女儿阿袖也藏在深居不露面。众人寻找毒蛇无果，次兵卫将医生叫到里间，和老婆一起对医生讲了披肩蛇的事。这事传到店里家丁的耳朵里，播下了传言的种子。

这样想来，店主人的冷静并非冷酷无情，而是将阿由的死，看作了不可抗拒的命运。不光是阿由，说不定连阿琴和阿袖，也将迎来同样的命运。披肩蛇究竟是让阿由一人献祭，从此不再作祟，还是三人都将受到同样的诅咒呢？这是一个谁也不知道的秘密。店主人一家的冷静，是被强烈的恐惧攫住了，一时不知说什么好。但是在阿由父亲看来，这种态度就不近人情。

"主人家再怎么不近人情，做父母的不领回女儿的遗体，让人想不通啊。"半七说道，"他说是关口屋的人杀了阿由吗？"

"倒没说关口屋的人杀了阿由，只说睡在床铺上被蝮蛇咬死，让人无法接受。何况还不知道在明神山路遇披肩蛇一事到底是真是假。又说宝贝女儿都死了，连怎么死的都不知道，不能就这么随随便便地把遗体带回去。关口屋似乎也愿意出一定数量的钱，只是阿由父亲那边想要五百到一千两……"

"五百到一千两……"半七听了有些吃惊，"虽然人命无价，但帮佣的人死了，给这么多钱可说不过去。那父亲到底是什么来头？"

"先不说钱的事，关于阿由的父母，我也仔细调查了一番。"善八解释，"原来那个阿由，表面上是服侍夫人的女佣，其实是店主人的侄女。"

"不只是个女佣？"

"是店主人兄长的女儿。兄长叫次右卫门，本来是这家店的继承人。但因年轻时就不务正业，被父亲逐出家门，由弟弟次兵卫继承了关口屋。上一代店主人死的时候，也有人对继承一事提出异议。但上一代店主人无论如何都不认次右卫门，并留下遗言，表示绝不能把关口屋的招牌交到次右卫门那种家伙手上。这是二十年前的事，直到今日，次右卫门都不能光明正大地出现在关口屋，但据说私下也有来往。"

"次右卫门如今干什么？"

"在下谷的坂本开了家小烟草屋。他明面上跟上一代店主人断绝了关系，但毕竟曾是关口屋的继承人，又是现任老板的兄长，因此关口屋多少照应着，给他些烟草的买卖做。他的女儿阿由，对外不能宣称是亲戚，于是就在家里做女佣。虽不知道详情，但据说兄弟间约定，以后会为阿由找个门当户对的女婿，分给他们些家产，好让兄长家里后继有人。结果阿由居然就这样死了，最烦恼的肯定是兄长次右卫门。"

"他家兄长现在可都改了吗？"

"次右卫门已经五十了，现在还算踏实，但过去寻欢作乐的本性难改。虽然因为自己吊儿郎当以致家业都落入弟弟囊中，但内心肯定有怨气。再加上关口屋接收了女儿阿由，说好要照顾她，却让阿由不明不白地死了。有这些内情在，导致次右卫门拖泥带水，不肯去接收女儿的遗体。次右卫门的意思是，先不管表面上怎么样，阿由毕竟是店主人的亲侄女，莫名其妙地死了，店主人家还一副无可奈何的态度，实在是太不近人情，不可理喻……再说阿由的死法确实蹊跷，是否真的被蝮蛇咬伤，医生也看得不是很分明。"

"应该就是蝮蛇吧。"半七说道。

"果然是蝮蛇吗？"善八点头，"若真如此，就不会产生争端了。次右卫门再怎么不依不饶，也就随他去了。"

"不，对方未必会善罢甘休。再说阿由，是个怎样的女人？"

"阿由十九岁，和主人家女儿差一岁。主人家的女儿叫阿袖，今年十八岁。表面上二人是主人和女佣的身份，其实是姐妹俩。两个人长得不算丑也不算漂亮，算是普通姑娘吧。阿由较年长，也成熟些，据说很喜欢男人。"

"关口屋后面的四间长屋里都住着哪些人家？"

"得霍乱死了的木匠年造、烟草商大吉，还有裁缝店的甚藏、笊篱店的六兵卫。甚藏和六兵卫都有老婆。"

"那个大吉住在隔壁对吧，他是个什么人？"

"二十三四岁,生得白净苗条。生在上方①,说是以前在汤岛的茶屋干活儿。"

"汤岛的茶屋……是做男妓吗?"

"听说是的。"

"这样啊。"

半七微微眯起眼睛,又陷入沉思。

---

① 指京都及附近一带。

四

关口屋的女儿阿袖病了。

医生也不知道阿袖得了什么病,但阿由一死,阿袖就病了。女儿的病,关口屋的店主人夫妇大抵猜得出原因。就连老板娘也寻思,接下来可能要轮到自己了,于是茶饭不思,差不多成了半个病人。再怎么保密,家中帮佣们哪里守得住秘密,披肩蛇一事在邻里传开了。霍乱可怕,披肩蛇也可怕。有些人开始说些不着边际的浑话,说莫不是关口屋一家人都要没命了。

就在流言最盛之际,长屋里又传出一桩怪谈。裁缝店的手艺人甚藏的老婆,在快夜四时(晚十点)时从附近的澡堂回来,在昏暗的小路上和一个男人擦肩而过。那男人看起来似乎是木匠年造,裁缝的老婆见状吓得面色苍白地逃回家里。

"刚才阿年从那边走过……"

"说什么蠢话呢!"男人甚藏呵斥道。

得霍乱死了的年造被送去火葬场,过了几日骨灰被取回,送去了附近的寺里,怎么可能出现在附近?但甚藏的老婆却坚称看见了。听说了这事,隔壁笊篱店的六兵卫的老婆脸色也变了。

"那必定是阿年的亡灵。"

恶疾流行,加之最近死者众多,正是种种怪谈传闻丛生的时候。

不光六兵卫的老婆相信，连当家的六兵卫也信了，说得霍乱死了的年造的亡灵，就在这附近徘徊。这个传言传到外面町上时，住在年造隔壁的烟草商大吉说："其实我也看到阿年了。"

于是，有关年造亡灵的传闻就蔓延开来。更有人绘声绘色地说年造的亡灵每晚都会在关口屋的长屋出现。本来疫病流行就弄得人心惶惶，加之披肩蛇、亡灵等让人胆寒的流言层出不穷，整个町都弥漫着阴沉的氛围。

最被阴暗的气氛裹挟的，当数关口屋一家。女儿病了，老板娘也成了半个病人，阿由的善后问题还没完全解决。町内的五人组作为关口屋和次右卫门的中间人，尝试调解，次右卫门却纠缠不休。若是寻常帮佣的父母，主人家拿出妥当的抚恤金，即便对方不接受，也可以弃之不管。可次右卫门是关口屋当年的继承人，虽然后来父子恩断义绝，但他也是如今当家的次兵卫的兄长。次兵卫不愿和哥哥争执不下，中间人也不便过于逼迫次右卫门。次右卫门瞅准这些软肋，更加强词夺理，坚持定要一千两抚恤金才行。

在那个年代，一千两自然是一大笔钱。次右卫门的主张是，他就阿由一个女儿，阿由死了，今后就没有人养他。按照一年五十两的养老金算，二十年也就是一千两。且次右卫门不肯按照一年五十两年给付，要求一次性给付一千两。这话听着似乎在理，又似乎不在理，中间人夹在其间也犯难，最后交涉到三百两，次右卫门不肯让步。

就在中间人厌倦了两头拉扯，想甩手不管时，次右卫门捋着夹杂白发的鬓边头发说："次兵卫把兄弟赶出去，得了如今的家业。不仅如此，还使唤兄长的女儿。阿由从十五岁春天到十九岁秋天，等于不要钱地白给他家当用人，最终还被杀了。次兵卫这般断了兄长晚年的路,是可忍孰不可忍。我前年才死了老婆,今年又死了女儿,自己活着还有什么意思?我随时打算不活了。"

次右卫门这番话,似乎在暗示要杀了次兵卫,自己也去死,是一种恫吓。中间人虽然觉得不至于如此,也不由得感到可怕,不敢收手。就这样一来一回地两边传话,过了九月十日,又发生了一桩事件。住在关口屋长屋的笊篱店六兵卫的老婆猝死了。

当时天刚黑,当家的六兵卫不在,他的老婆突然发出一声哀号。隔壁的甚藏夫妇跑过去一看,只见六兵卫的老婆倒在厨房。甚藏夫妇马上叫来医生,也看不出病症,只说可能也是被蝮蛇咬了。六兵卫的老婆救治无效,第二天早上就死了。于是再度流言纷纷。

"关口屋的蛇爬到长屋了。"

"不是,是阿年的亡灵出现了。"

正在人们为蛇和亡灵烦恼之际,又发生了第二件事。

其时凉风渐起,听闻得传染病的人似乎稍微少了些,关口屋的学徒石松却得了霍乱,第二天就死了。本来就是半个病人的阿琴被传染,也一个晚上就死了。关口屋陷入一片黑暗,邻人们的心也陷入黑暗。

虽然是传染病,但关口屋还是为老板娘办了简单素朴的葬礼。葬礼结束后,次兵卫好像下定了决心:"事已至此,说不定女儿也会死,我也不知将要如何。关口屋要完了吧。就按照兄长的意思,不管是要五百两还是一千两,都给他吧。"

话虽如此,一千两还是太不合情理。中间人又为二人交涉,最后谈到六百两,次右卫门觉得是时候见好就收,不情不愿地答应了。六百两也是一大笔钱,不可贸然给付。为了今后相安无事,中间人又让次右卫门写一纸保证,承诺今后再无异议,在町内官员的见证下给付了抚恤金。

这些事情背后,善八的眼睛始终盯着,并逐一报告给半七。他们眼下还无从下手,但事件的来龙去脉正渐渐变得明朗。

五

九月二十日夜,下谷坂本的烟草商次右卫门被杀了。附近的人听到异常的声响,跑去查看时,凶手已不见踪影。次右卫门被利刃刺中喉咙与胸膛,气息微弱地说:"大……年……年造……"

他似乎还想说什么,却就此断气。邻人们很快叫来官吏,检视现场,官吏无法马上判断杀人者是出于结仇、吵架,还是谋财。善八听闻此事,第二日早,带半七于四时(上午十点)到达下谷。两个人先去了自身番,听完那里的报告,又由自身番家主带路去了次右卫门的烟草店。那是个仅有两间宽的小店,里面有两个房间,一个六叠,一个二叠。二楼是一个四叠半的单间。

老婆死后,女儿去做女佣,次右卫门一个人住。店后住着个修木屐的婆婆,家主说婆婆叫阿酉,每日早晚过来帮忙。

"那,能不能喊那个叫阿酉的婆婆过来?"

阿酉来到半七面前,看起来是个五十四五岁、正直老实的婆婆。又叫了住在隔壁的山货店的店主人。店主人叫喜兵卫,是昨晚最先赶来的男人。据阿酉和喜兵卫说,次右卫门虽不务正业,但和邻人相处得很好,也没有什么不好的传言。他的店位置不好,店面又小,没什么生意,却每天喝很多酒,能看出过得不宽裕。但次右卫门平日爱说，只要女儿找到女婿，自己就能左手使扇子①，悠闲度日。特别是前几天，他喝得酩酊大醉，对阿酉说："我如今眼前就有挣大钱的机会，可不能这会儿染上霍乱。"

女儿意外地死了，次右卫门很是消沉，每天更只知道酗酒。后来，又说要问关口屋要抚恤金。一番交涉好像总算谈妥，次右卫门这两三日看起来心情大好。

"他家有没有什么人常来？"半七问道。

"烟草商阿大常来，"阿酉回答，"皮肤白，很苗条……听起来，次右卫门好像准备让阿大娶阿由。那个叫阿年的木匠不时也会来，但他这阵子得霍乱死了。"

"做烟草生意的阿大，最近来过吗？"半七又问。

"昨天过午我看见了，"阿酉说，"次右卫门让我先看会儿店，就和阿大一起去了二楼，在那里说了会儿话。"

半七上到二楼看了看，意外地发现狭小的四叠半房间打扫得很干净。为慎重起见，他把里面的柜子都打开查看了一下，只发现些杂物，没什么引人注意的东西。半七又去了厨房，把地板上的活动木板掀开看了，也没发现异常。

"次右卫门死的时候好像说了什么。"

"是的，"喜兵卫回答，"虽然声音很小，听得不真切，但似乎是说了'大……年……年造'。"

"那应该就是木匠年造吧。"善八说。

"只是，这个叫年造的人，已经得霍乱死了。"

"你不是说两三日前看见了吗？"善八又问。

---

① 用对大多数人来说不够灵活的左手扇扇子，形容不需要努力工作，可以悠闲度日的姿态。

"也可能是别人,总之还不清楚,没法说。"

就这样,调查先告一段落,半七和善八出去了。

"木匠年造果然还活着吗?"善八边走边问。

"得霍乱死了,被运到火葬场,连骨灰都被取回来的家伙,若说还活着,实在难以置信。但关口屋长屋的人也说看见年造的亡灵了,说不定死而复生了。"半七说,"次右卫门临死前说了年造的名字,让人不得不认为是年造杀的人。不过他说的那个'大',到底是木匠的'大'①,还是烟草商大吉的'大'呢?得好好想想,说不定是大吉。"

"说得是啊。"

"无论如何,这事必定和大吉有关。我已经大致心中有数,得尽快把大吉找出来。这不知廉耻、吊儿郎当、做过男娼的东西。你一个人去抓绰绰有余吧?不,等等,要是不小心被他逃到什么寺里就麻烦了,我和你一同去。"

二人同去小石川的水道町,关口屋的长屋内已不见大吉的身影。邻居甚藏的老婆说,大吉表示害怕年造的亡灵,又见关口屋里连出了两个患霍乱的,说这地方再也待不下去了。五六日前就不再回家,白天会回来个一两次,但晚上在外面住。半七听了这话内心暗笑。

"那,年造的亡灵还出现过吗?"

"我也只见过一次……"甚藏的老婆瑟缩着说,"后来也有别人见了,也有人说没有,不知道是真是假。笊篱店的老婆又出了那样的事,真让人害怕,现在我们天黑了也轻易不敢出去。"

"放年造骨灰的寺庙在哪里?"

---

① 木匠在日文中写作"大工",因此"大"也可能是指木匠。

"在改代町的万养寺。"

"是年造的菩提所吗？"

"不是的，阿年没有自己的菩提所，因此阿大就找了认识的寺庙，收纳阿年的骨灰。"

"嗯，谢谢。我们来问过情况一事，请先不要跟别人说。"

到了店前，见关口屋虽已过了老板娘的头七，但因又出了霍乱患者，也考虑到附近邻人，大门半掩，几乎是歇业的状态。半七不由得感到同情。

改代町属牛込区，离这里比较远。二人走过江户川的石切桥，来到改代町。这里俗称四轩寺町，除了有四间寺庙，还有许多古着店①。众寺庙后面是片草原，其后是一片广阔农田。草原上长着高高的芒草，芒草的白穗在蓝色天空下延展到远方，不知从何处传来了伯劳的叫声。

二人站在万养寺前。万养寺不大，但据附近的人说，其实是个富有的寺庙，深藏不露。"寺庙的话就麻烦了。"半七喃喃道，"年造现身，看起来不是亡灵，倒像真人。大吉应该也藏在里面，但不好这么贸然进去。又要和寺社交涉，真是麻烦啊。"

此时，后面的草原上频频传来犬吠声，半七和善八对望一眼。半七先绕到后面查看，发现草原非常宽广，芒草之间，几只野狗在叫。两个人循着犬吠，分开高高的芒草向前，却见前方芒草中似乎还潜藏着什么东西，正窸窸窣窣地向前走。因为相互看不见，几乎要碰到一起时，善八才突然拉住半七的衣袖说："是大吉哦。"

对方冷不防被撞了个正着，正想转身逃走，善八立刻跟上。大吉扬起手上的铁锹，对着善八迎面打下去。善八慌忙闪开，芒草中

---

① 二手服装店。

又出现一个人,带着锄头攻来。

"有几个人,当心。"

半七提醒善八,拿锄头的男人却对着半七飞奔而去。后来的这个敌人看起来很难缠。但因深陷芒草,对方被遮住眼口、缠上手脚,无法按预想行动。善八想方设法抓住大吉的手腕,却碍于芒草的叶子,连眼睛都睁不开。这种不便对敌人来说也是一样的,但碍手碍脚的状况似乎对弱者更有利。大吉利用芒草的阻碍拼命抵抗。

四五只野狗跑来,它们就像半七的帮手,狂吠着要跃到大吉身上。拿着锄头的男人突然挣开半七,试图逃走,却被芒草的根绊倒在地。半七俯身上去将对方制服。

大吉反抗得很激烈,但最终倒在善八膝下。双方无论敌我,都被芒草的叶子割到,脸颊、手脚有几处擦伤。半七和善八将被制服的二人捆好,站起来,只见野狗对着他们边叫边跑,像要引导他们去什么地方。半七二人跟了过去,却见深处有一坪① 见方的芒草东倒西歪,空出一块。新挖的土看起来很软,底下似乎埋着什么东西。他们拿起铁锹,挖出了死去的年轻木匠年造的尸体。

---

① 日式面积单位,一坪约为3.3平方米。

六

"逮捕到这里就结束了。"半七老人说,"抓捕犯人时受伤,是常有的事。但像那时被芒草割伤还真是绝无仅有。后来的一段时间,脸和手脚都刺刺地疼,连洗澡都麻烦呢。"

"曾有人托我给石桥山之战中真田与一和俣野五郎扭打[1]的画写个俳句。我就写了'真田与俣野/暗处芒草长/纠缠何以堪'。在芒草中扭打很困难吧。"我说。

"不留神的话,会戳到眼睛。"老人笑道,"再来说惯例的解密,该从何说起呢?"

"拿锄头的男人是谁?"

"是万养寺的人,叫忠兵卫——听起来是个会和叫梅川的姑娘私奔的名字[2]。忠兵卫时年已五十,长得很结实。生在上方,是大吉的父亲。这家伙以前也是个纵情享乐的人,因儿子大吉生得好,在他还小的时候就把他卖给茶屋当男妓。天保年间的改革,一度废止

---

[1] 石桥山之战是源赖朝举兵后与平氏的第一次战役,以源赖朝大败告终。该战役中真田与一和俣野五郎扭打缠斗的场景,成为常见于江户时期浮世绘的主题之一。

[2] 忠兵卫和梅川都是净琉璃及歌舞伎作品中主人公的名字。典型代表作为近松左卫门的净琉璃作品《冥途的飞脚》,根据真实事件改编,讲述了飞脚铺(提供运送信件、货物与银钱服务的店铺)的养子忠兵卫和花街姑娘梅川相恋私奔的故事。

了阴间茶屋①,店家又令男妓以男侍者的名义卖春。说起男妓又会扯出些别的闲话,在这里就不展开说了。总之男妓和女妓不同,因为从小被卖,到十七八岁时,这个行当就干得差不多了。他们的钱多来自熟客……很多是寺里的人,有些得了些本钱就开始做点儿小生意,或捐钱做个寺侍②,还有些挑着货担卖烟草。因为和寺庙相熟,很多男妓都选择去寺庙行贩烟草。大吉便是其中一员,住在关口屋,自己也做了烟草商。万养寺的住持从前就是大吉的熟客,有了这层关系,就收了大吉的父亲忠兵卫做万养寺的男仆。"

"那么,关键的披肩蛇一事,是大吉或次右卫门编造的吗?"

"没错,没错。你知道,次右卫门本是继承人,却被弟弟继承了关口屋的全部家产,内心肯定不痛快。但是次兵卫是个好人,次右卫门本可以把女儿交给他家,万事只要拜托关口屋就行了。可次右卫门不这么想,再加上女儿阿由争强好胜,她跟关口屋的女儿明明是姐妹,但表面上还要像女佣一样伺候主人,很不甘心。关口屋有言在先,会给阿由找个门当户对的亲事,最终为阿由负责,但次右卫门父女内心的修罗之火不肯熄灭,一定要搞出些事端才好,这就注定一切不会无事终了。大吉由于要进烟草,每日出入关口屋。他因做过男妓,行为举止温柔,会说话,就和阿由好上了。表面上温柔,实际上一肚子坏水的大吉,与次右卫门父女合谋,演了一出好戏。"

"这出戏的剧情是……"

"这出戏便是,杀了关口屋的独生女,由身为姐妹的阿由做关口屋的继承人。若是独生女阿袖死于霍乱就没什么可说的了,但是

---

① 江户时代中期表面为居酒屋、料理屋,实际暗地里进行卖春交易的场所。
② 江户时代在寺庙做保安的武士,地位低于普通武士。

疾病不由得人。若用毒杀，善后麻烦。他们便想到了披肩蛇。正好阿袖母女这段时间要去参拜水道端的冰川明神，他们便计划先让阿袖母女路遇披肩蛇，产生畏惧心理，再杀了阿袖。杀阿袖的手段也是用毒蛇。世人都知道披肩蛇的事，到时候就说是披肩蛇作祟，想必不会有人怀疑。加上阿袖的父亲次兵卫迷信，更加不会怀疑。在今人看来这番表演似乎用力过度，反而过于巧合，让人生疑，但在那个时代，恶人很自然地会想到利用迷信，制造假象。

"那时，汤岛天神境内有个小剧团。大吉从那个剧团借了个叫力三郎的小演员，让她在明神山上扮披肩蛇。剧团的演员，扮演这种角色再合适不过了。再加上阿袖母女去参拜时，主谋之一阿由也一路跟着，顺利地让披肩蛇的恐怖传说发挥了作用。拜这番演技所赐，女儿生病了，母亲也成了半个病人。而长屋的木匠也得霍乱死了。大吉瞅准这个时机，捕来蛇，把它交给阿由。和现在不同，那时候的小石川附近有的是蛇。大吉从附近的竹林捉来蛇，装进小箱子，交给阿由。"

"是蝮蛇吗？"

"是蝮蛇。阿由半夜将蛇取出，正准备将它放到阿袖的蚊帐里。人果然不能作恶，取蛇的时候竟不小心，自己反被蛇咬了一口。也不知道咬的哪里，就突然毒发身亡了。害人亦是害己，此言不虚啊。大吉和次右卫门完全没料到偷鸡不成蚀把米，都吃了一惊，却无可奈何。于是他们改变了策略，次右卫门不肯去取离奇死亡的女儿的尸体，找了个口实，硬是敲诈了关口屋六百两。"

"次右卫门是为那六百两被杀的吧？"

"如你所说。"老人点头道，"说到这个，就不得不说说木匠年造了。"

"我也很在意这点,年造怎么死而复生了呢?"

"这个嘛,你听我说。年造给汤岛的棺材铺帮工,知道当家的伊太郎发了疫情横财,晚上潜入他家,杀了伊太郎,伤了他老婆,仅得十两金。那时候是年造和大吉一同去的,大吉在外面帮忙放哨。后来不知道该说年造是遭天谴,还是运气好,得了霍乱。善八去抓时,年造看起来的确死了。那时候若善八再多调查一下大吉,就会发现这两人乃一丘之貉,但是当时没有想到这点,让他逃掉了。

"后来年造的尸体被带到千住的火葬场,因为霍乱,火葬场生意也好得很,堆积的棺材有五六十口之多。因为有先来后到,送葬的只好把棺材放在那里就回去了。那时候的火葬场管理混乱,特别是那种时期,更是不得了。因此,等送葬的都走了,年造不知怎的居然又有了气,活了过来。他毁掉棺材爬了出去。时值夜深,四周很黑,因此谁也没发现,年造就这样逃走了。

"放到今日,一个死人逃走了,肯定不会无人知晓。但就像前面说的,那时候火葬场十分混乱,少了谁都没关系。后几日有人去接年造的骨灰,自然是拿的别人的,也不知道是拿了谁的骨灰。疫病流行时,这种事多的是。"

"所以年造就这么死而复生了。"

"一度得霍乱死过去,又活过来,真是不可思议。或许得的不是霍乱。年造从火葬场逃走,去了哪里,又做了什么,死人无法说话,我们也无从知晓。应该是下葬后的某个晚上,悄悄地回来,去了隔壁的大吉家。大吉先是大吃一惊,见他死而复生又放心了。但让他们担心的,是汤岛的杀人一事已经暴露,善八已去抓过人。人死了也就算了,活着回去就危险了。大吉提醒年造注意,让他先去万养寺的父亲处躲着。

"裁缝店的甚藏的老婆看见年造的亡灵正是那时。大吉考虑到如果不把年造看成亡灵,只当年造又回来了,传出去就麻烦了,因此也帮着一起散播看见年造亡灵的流言。正当这时,笊篱店的老婆猝死了。到底是杀了阿由的蝮蛇逃到关口屋的后院,爬到她家里,还是别的缘由,那时候的医生无法判断,因此又是流言纷纷。关口屋又是霍乱,又是各种怪事频出,一时混乱无比。但老板娘和学徒得的霍乱,并非他人设计,只是天灾,无可奈何。

"大吉是烟草商,和关口屋关系密切,又与次右卫门交好。大吉把年造带到次右卫门处,他们俩就认识了。只是汤岛的杀人事件,和关口屋之事全不相干。汤岛一案是年造和大吉二人干的,关口屋一案是次右卫门、阿由和大吉三人策划的,目的也各不相同,但只有大吉两边都介入了。生在上方的男妓,往往行事纠缠不休,心肠歹毒。"

"大吉和年造合谋杀了次右卫门吗?"

"阿由死了,披肩蛇一事没成,次右卫门却借此事得了关口屋的钱,大吉自然也盯着这笔钱。但次右卫门得了六百两,想全数收入自己囊中,一文钱也不给大吉。阿由死了,大吉也就没用了,次右卫门翻脸不认人。大吉自然不肯善罢甘休。他恐吓次右卫门说,若不分他钱,他就去关口屋,跟他们把事情说清楚。次右卫门嗤之以鼻,不以为意地说随便他。大吉又说至少给他一百两,次右卫门依然不肯,最终只打发了大吉十两。大吉不甘心,和藏在万养寺的年造商量,决定采取极端手段。

"年造也偷偷去过下谷,想为大吉说服次右卫门,次右卫门依旧不听。加之次右卫门似乎隐隐察觉到汤岛一事,年造更加不便多说。九月二十日夜,年造从后门潜入次右卫门家。次右卫门家后门直通小路，最适合下手，加之房子年久失修，年造不费吹灰之力就打开厨房雨窗的窗栓，钻了进去。这次依旧是大吉负责在外面放哨。

"大吉没有看到现场，不知道详细情形，据猜测应该是年造拿着匕首之类的利器，趁次右卫门睡觉时偷袭，顺利杀死对方，就开始找藏着的钱。佛龛抽屉里有一百两，破衣服箱子里有一百两，一共找出二百两，年造怎么也找不到剩下的四百两。这时候附近的人好像起来了，年造和大吉二人慌忙逃跑，平安回到了牛込区。

"虽然没得到预期的六百两，但毕竟到手二百两。年造要求平分，大吉同意了，大吉的父亲忠兵卫却也是个恶人，舍不得分年造一百两。忠兵卫说服他的儿子大吉，趁年造累了睡着时，将其绞杀，拿了那一百两。父子二人将年造的死尸埋在寺庙后的草原上，想避过风头，就带着那二百两回故乡大阪。

"尸体是天不亮时埋的，这一带野狗多，狗闻到气味，都聚过去，叫个不停。次右卫门父子最初想置之不管，但因为狗叫得太频繁，他们也担忧万一死尸被狗刨出来就麻烦了，还担忧狗这般无缘无故地叫会惹人怀疑。二人带着锄头和铁锹去查看，埋死尸的地方并无异状。于是二人驱散聚集的野狗，正准备分开芒草返回寺里，却在半路遇到了我们。这对父子运数已尽，就发生了我前面说的事。无论怎么想，人都不能做坏事啊。"

"那四百两的下落知道了吗？"

"埋在次右卫门店铺的地板下面。不确定这笔钱是怎么处理的，听说还给了关口屋。关口屋的女儿阿袖听说了披肩蛇一事的真相，就突然振作起来，很快就痊愈了。那姑娘才是大吉本来想杀害的目标，最终平安无事。人的运气难测啊。"

"八角金盘叶子上的'阿袖要死了'，是阿由干的吗？"

"是阿由的小把戏。我没见到实物,应该是用什么腐蚀叶子的药水,烧出类似虫子的咬痕。当时若仔细观察,或许还能发现是阿由的笔迹,但是一般人注意不到这点,也没办法。哎呀,干我们这个行当的,尚且会有疏漏,更不要说外行了。不管是八丁堀的官吏,还是冈引,大家都不是神仙。有时候也会有料不到的失误,过后想来惹人发笑呢。"

说到这里,老人大笑起来。

"说起好笑的事,还有这样一桩,是明治以后,冰川神社搬到服部坂之后的事——小石川的市集上出现了展览披肩蛇的幽灵棚子。幽灵棚子说,那就是自古栖息在明神山上的有名的披肩蛇。仔细一看,却是不知从哪里活捉来的大青蛇,用煤焦油把蛇头涂黑,扮成黑头的披肩蛇……明治初年,还有好些这类假幽灵棚子,哈哈哈哈!"

猫骚动

猫骚动

晚上月光清冷，照得屋顶十分明亮，上面的露珠闪着淡薄的白光。

"哎呀，妈妈你看。"

女儿看到了什么，突然拉着母亲的衣袖停住脚步，母亲也停下来。猫婆家的屋顶上有个模糊的白色影子，是一只白猫。白猫的两只前脚高高抬起，后面的两只脚却竖起来，像人那样立着。母亲看到这幅情景，倒吸一口冷气，提醒女儿不要出声，偷偷看了一会儿。只见猫拖着长长的尾巴，在木板屋顶上，踩着舞步般不紧不慢地走着……

猫走过屋顶，白色的身影钻进阿薪家的拉窗，不见了。

一

　　半七老人家养了只小小的三花猫。二月一个温暖的日子，我兴之所至，来到老人家，他正坐在朝南的外廊上，膝上蹲坐着那只小猫，老人温柔地轻抚它的脊背。

　　"真是只可爱的猫啊。"我说。

　　"还是个孩子呢，"老人笑了，"连捉老鼠都不会。"

　　白昼明亮的阳光，照在房顶古旧的瓦上。不知哪里来的猫，仿佛在较劲一样，此起彼伏地叫着，听着有些吵闹。老人看着声音传来的方向，笑道："'猫之恋[①]'一词成了季语，常用在诗歌中。猫就是小时候最可爱，待长到成猫，莫说可爱，简直有点儿招恨，令人毛骨悚然呢。自古就有猫会成妖的说法，不知道是否确有其事啊。"

　　"这个嘛，确实自古就有猫妖的传说，到底是真是假，还真不知道呢。"我含糊其词地回答。在见多识广的半七老人面前，凭它是怎样的传说，说不定老人都亲眼见过。我可不想断然否认，转眼就被老人经历过的事实驳倒，因此说话相当谨慎。

　　不过，似乎就连半七老人也没有见过猫成妖的实例。他边把膝上的三花猫抱下来，边说："说得是呢。自古就有类似的传说，但

[①] 指猫成年后的发情。常作为季语（表示季节的词）用于和歌、俳句的第一句。

不知道有谁亲见。不过仅有一次,我遇到过有关猫的怪事。当初虽没有亲见,但事情不像有假。为了那场有关猫的骚乱,竟然还死了两个人呢。细细想来,真是可怕。"

"死去的人是被猫吃了吗?"

"没有,不是被猫吃掉的。这事说来奇怪……"

老人赶走那只总是蹲在他膝上的小猫,静静地讲述。

文久二年初秋,芝大神宫的生姜市①结束的第二天,也就是九月二十二日傍晚,住在离神宫不远的里长屋的一个叫阿薪的婆婆突然死了。阿薪生于宽政申年②,时年六十岁,有个叫七之助的孝顺儿子。阿薪四十岁时,丈夫就去世了,她一个女人家拉扯五个儿女。大女儿在雇主家有了情人,不知私奔到哪里去了;大儿子在芝浦游泳溺了水;二儿子得麻疹丢了性命;三儿子从小就手脚不干净,被阿薪赶了出去。

"我真是没有子女运啊。"

阿薪总是如此抱怨,唯有最小的儿子七之助,平安留在阿薪身边。从肩不能挑时起就努力工作,悉心照顾母亲。

"有那样孝顺的儿子,阿薪真幸福。"

总是为孩子一事不走运而哀叹的阿薪,如今却成了邻居们羡慕的对象。七之助做鱼贩,每日挑着担子去各主顾处卖鱼。这个刚满二十岁的年轻人,晒得黝黑,不在意外表,举止不矫揉造作,身为挑担的小商贩,却乐在其中。他和母亲一起生活,相处得很好。七

---

① 江户时代,芝大神宫每年九月十一日至二十一日举行祭典。附近的居民会去神社参拜,并购买生姜或生姜相关的物件。这一风俗延续至今。

② 即宽政十二年,也就是 1800 年。

之助不但孝顺，还有着和他那粗贱职业不相称的老实爽直的性格，深受邻居们喜爱。

　　与之相反，邻居们对母亲阿薪的评价却日渐不佳。不是因为阿薪做了什么招人恨的事，而是因为她有个被人讨厌的癖好。阿薪从年轻时起就喜欢猫，随着年龄增长，她变得更是痴迷，如今竟养了大大小小十五六只猫。当然，养猫是个人自由，谁也不能对别人的喜好说三道四。就算有人见猫群聚在她小小的家中，情形有些瘆人、感到不快，也不足以成为投诉饲主的理由。只是动物一多，就绝不会老老实实地待在狭小的家中。阿薪的这些猫开始到处出没，洗劫四邻的厨房。尽管阿薪给猫放了足够的食物，也无法阻止它们偷食吃。

　　这样一来，邻居们投诉阿薪就有了正当理由。左邻右舍不时找上门来。阿薪每每道歉，七之助也代母亲道歉。但阿薪家的猫叫依然不绝于耳，也不知是谁先起的头，渐渐有些嘴巴不饶人的，给阿薪取了个绰号，叫"猫婆"。先不说阿薪听到这称呼会怎么想，七之助若听到邻居这样叫他的母亲，也会不愉快吧。但老实人如他，既没有规劝母亲不要养猫，更不与邻居争执。他每日和畜生们共处一室，夙兴夜寐，沉默而勤恳地挣钱。

　　那时七之助卖鱼回来时，筐箩里总会剩几条鱼，附近的人感到奇怪。

　　"七之助，今天的鱼也没卖完吗？"有人问道。

　　"不是，这是带给我家猫吃的。"七之助有些不好意思地回答。从鲜鱼市场进的鱼，绝没有卖不掉的道理。母亲却叮嘱七之助，一定要留几条给猫吃。

　　听闻这事，人们不由得震惊——"这么高价的鱼，居然拿来当猫食，那个婆婆做事真是罪过啊，真可惜。"闲话便这样传开了。

"那家的儿子老实,自然是老妈说什么,就做什么。这阵子鱼贵,居然还把那样贵的鱼剩下给猫吃,儿子挣得再多也不够啊。那个老太婆,该不会比起儿子,更疼爱猫吧。真是作孽啊。"

邻居们都同情孝顺的七之助,因此也更加反感猫婆阿薪。原本的讨厌,竟渐渐成了憎恶。而她养的猫,却像在故意挑衅这种反感情绪,越发喜欢恶作剧——它们毫不顾虑地出入他人家中,撕破纸门,偷盗别人家的鱼。加上那不分昼夜的吵闹叫声,阿薪家南边的邻居终于搬走了。北边的邻居是一对年轻夫妇,男主人是个木匠。这家的老婆也疲于猫的骚扰,开始把"想搬走"当作口头禅挂在嘴边。

"想想法子把那些猫赶走吧,他家儿子也太可怜了,邻居也深受其扰。"

长屋终于有人忍无可忍站出来说话了,大家立刻纷纷表示赞同。邻居们担心直接和婆婆谈判,可能会没有结果,就让值月班[①]的人直接找到长屋的房东,向房东诉说此事,要求阿薪把猫赶走,不然就把阿薪赶出长屋。房东自然不会站在猫婆一边,马上把阿薪叫来,命令道:"你养的猫给全长屋的人都造成了麻烦,必须把它们都赶走。要是你不同意,就马上收拾铺盖,另找地方住吧。"

阿薪屈从于房东的威势,同意将猫都打发走。

"真是抱歉,给你们添麻烦了。我马上就把猫都赶走。"

但毕竟都是自己悉心养育的猫,阿薪实在不忍亲手扔掉,只求邻居们帮忙,代她将猫扔到什么地方去。房东觉得这也在情理之中,于是跟长屋的人一说,住在阿薪隔壁的那个木匠,连同另外两个男人,就去阿薪家取猫。阿薪家的猫刚好生了小猫,如今连大带小有二十只。

---

① 江户时代老中(直属将军,总理政务、监督诸侯的幕府最高官员)以下的官员(如町奉行、勘定奉行、寺社奉行等),实行以月为单位的轮班制度。

"辛苦你们了,那么,就拜托了。"

阿薪脸上没露出多么恋恋不舍的神色,将家里的猫都唤来,交给三个男人。男人们将这些猫分成三批,有的装进装炭的空麻袋,有的用大包袱布包起来,各自夹在腋下走出了长屋外的小巷。目送三人的背影,阿薪微微笑了。

"我看见了,那时她笑了,那个笑容很瘆人。"木匠的老婆阿初对邻居们说。

带着猫的三个男人,各自去了尽可能远的地方,将猫扔在僻静处就回来了。

"这下总算可以了。"

人们如是说,庆幸长屋回归了往日的平和。翌日,他们却被木匠老婆的话吓了一跳。

"隔壁的猫不知道什么时候回来了,我半夜就听到了猫叫。"

"真的吗?"人们半信半疑,去阿薪家窥探,果然大吃一惊。被扔掉的猫昨日傍晚都回来了,仿佛在嘲笑人类的无知般尽情叫着。阿薪也不知道是怎么回事。只说不知道为何,猫全都在前日夜里回来了,从缘廊和厨房的格子窗钻了进来。弃猫必定会回到自己家中,民间的确有这样的传说。于是众人决定,这次要把猫扔到它们再也回不来的地方。负责扔猫的三人,特意各自停了一天的买卖,将猫扔去了品川尽头、王子的最远端。

消停两日后,阿薪家中又响起了猫的叫声。

二

神明祭那夜，住在同一长屋的补锅修锁匠的老婆，带着七岁的女儿去神明宫参拜，将近四时（晚十点）才回来。晚上月光清冷，照得屋顶十分明亮，上面的露珠闪着淡薄的白光。

"哎呀，妈妈你看。"

女儿看到了什么，突然拉着母亲的衣袖停住脚步，母亲也停下来。猫婆家的屋顶上有个模糊的白色影子，是一只白猫。白猫的两只前脚高高抬起，后面的两只脚却竖起来，像人那样立着。母亲看到这幅情景，倒吸一口冷气，提醒女儿不要出声，偷偷看了一会儿。只见猫拖着长长的尾巴，在木板屋顶上，踩着舞步般不紧不慢地走着。母亲吓得鸡皮疙瘩都起来了。猫走过屋顶，白色的身影钻进阿薪家的拉窗[①]，不见了。母亲紧紧牵着女儿的手，跌跌撞撞地逃回家，将家中的拉窗和雨窗都关了个严实。

补锅修锁匠半夜才回家敲门，他老婆悄悄起来，将今夜看到的怪事跟他讲了。在祭典上喝醉酒的男人根本不相信："胡说八道，怎么会有那种事。"

说罢，他不听老婆劝阻，偷偷去阿薪家的厨房边一探究竟，只

[①] 日文作"引窗"，即沿屋顶斜面建的采光窗。开闭用绳子操控。

听里面传来阿薪开心的说话声："啊呀，你们今晚回来了啊，我等你们好久了。"

猫咪则仿佛在回应主人，竞相叫着。男人吓得心里扑通一跳，酒也醒了不少，蹑手蹑脚回到自己家，问老婆："真的见到猫站起来走了吗？"

"我和小芳都看见了。"老婆皱眉回答。女儿小芳也说绝对看见了，没有错。

这下就连男人也感到背后发凉。他是去扔猫的三人中的一员，心里颇不痛快，于是又喝了很多酒，烂醉着倒下了。老婆和女儿则紧紧地抱在一起，直到天亮都没睡着。

阿薪家的猫昨晚又回来了。听了补锅修锁匠老婆的话，长屋的人都大眼瞪小眼。普通的猫不可能直立行走，猫婆家的猫一定是成精了。这话传到房东耳朵里，房东也觉得恐怖。他找到阿薪母子，要求他们立刻搬走。阿薪流着泪说，此处是自丈夫那代人起就住惯了的地方，实在不想离开，猫可以任凭处分，只求不要赶他们走。如此一来，房东也心生怜悯，不忍心再赶他们。

"如果只是扔掉，猫还会回来。这次把猫和重物绑在一起沉到海里，让它们再也回不来。放着这些妖猫在，还不知道又要生出什么祸端。"房东提议。于是人们决定将猫和大石头一起装进空麻袋，扎紧并沉入海底。全长屋的男人都出动了，去阿薪家取那二十只猫。阿薪这次也意识到，猫再也回不来了，就对男人们请求："这一去就是永别了，我想给猫吃点儿东西，请稍等。"

她把二十只猫叫到身边。七之助这天也休市在家，帮阿薪煮些小鱼之类的。阿薪将饭和鱼肉分盛在碟子里，在一只只猫面前摆好，它们同时吃了起来。它们吃了饭，嗪了肉，啃了骨头。一只猫吃东西不稀奇，若眼前有二十只猫喉咙咕噜作响，露出牙齿，忙着吃各自眼前的餐食，绝不是个让人心情愉悦的情景。在胆小的人看来，此情此景很是骇人。满头白发、颧骨高耸的阿薪，专心低头看她的猫吃饭，不时偷偷地擦拭眼角。

和阿薪分别后，猫的命运已无须赘言。一切都按照计划进行，它们被活生生地葬于芝浦海底。五六日后，猫没有回来。长屋的人们都长出一口气。

只是阿薪并没有显出特别落寞的样子。七之助也照常挑着担子，每天去卖鱼。可就在猫沉海后的第七日傍晚，阿薪突然死了。

发现阿薪尸体的，是北邻木匠的老婆阿初。木匠还在工作，尚未回家，阿初按照往日习惯，锁好门去附近办事。南边的屋子还空着，因此阿薪死时的情形谁也不知道。据阿初说，她从外面回来，走到小巷深处时，看到阿薪家门口放着卖鱼的笸箩和扁担，想着七之助卖完鱼回来了，就走到他家檐下打招呼，却没有听见回答。秋天的傍晚有些暗，房里却没有点灯，阿薪昏暗的家中像墓地一样阴森。阿初感到不安，偷偷往里瞅，只见入口的土间①倒着一个人。阿初战战兢兢地踏进房间一瞧，发现倒地的是个女人——正是猫婆阿薪。阿初放声叫人。

邻居们闻声赶来，猫婆死了的事从长屋传到街上。房东听了也大吃一惊，赶忙跑来。都说阿薪是猝死的，但到底是因为生病，还是他杀，尚不分明。

"她的儿子呢？"有人问。

只见卖鱼的笸箩跟扁担放在门口，看来七之助回来过，可现在

---

① 日式房屋进门的地方，与地面同高，低于室内的其他生活空间。

又去了哪儿呢？出了这么大的事，却不见七之助的影子，着实奇怪。邻居们先叫来医生，检查阿薪的尸体，医生说身上并无异状，只头顶有一处击伤，但不知是被人打了，还是被上面掉下来的什么东西击中了。医生也无法判断，就将死因归结为中风猝死。病死的话就没那么多麻烦了，房东也暂且安心，但还不知道七之助在哪里。

"她儿子到底怎么了？"

正当人们将阿薪的尸体包起来，反复念叨这事时，七之助面色惨白地回来了。说去了邻町同是卖鱼人的三吉家里。三吉三十来岁，看起来是个懂人情世故、热情洋溢的男人。

"哎呀，大家好。谢谢大家了。"三吉忙着跟人招呼，"其实，刚才七之助突然脸色铁青地跑来找我，说做完生意回家，看到母亲倒在土间死了，不知道要怎么办才好。我教训他说，与其跑来找我商量，为什么不早点儿跟房东和长屋的大伙儿说呢？七之助毕竟还年轻，看到母亲这样，慌了神，所以想也没想就跑到我那里去了。这也不能怪他，所以我陪他回来拜托大伙儿。七之助的母亲，到底是怎么一回事呢？"

"这个，我们也不是很清楚。七之助的母亲好像是得急病去世的。医生说是中风……"房东面色平静地回答。

"啊，居然是中风吗？这位老母亲平日又不喝酒，居然也会中风？如您所说，突然急病去世也是没办法的事。七之助，哭也没有办法，人的寿命都有定数。"三吉宽慰七之助道。

七之助蜷缩身子坐着，双手撑在膝上，低着头，眼里满是泪水。众人都知道他素来孝顺，看到这个样子更加同情。长屋的众人都面露悲伤，比起可怜猝死的猫婆，更加可怜没了母亲的七之助。屋内响起女人们的啜泣声。

这晚，全长屋的人聚在一起守夜。七之助茫然自失，待在角落里，连话都没怎么说。众人出于同情，合力料理了葬礼等琐事，全没让他费心。七之助只知道诚惶诚恐地一个劲儿道谢。

"你看大家都这么热心，可不能再这么闷闷不乐了。有个猫婆那样的老妈，死了说不定反倒是件好事。今后你独当一面，好好挣钱，大家再帮你张罗门好亲事。"三吉满不在乎地大声说。

在灵前没有避讳地讲这种话，却没人责备那说话的人，可见不幸的阿薪是多么不受邻居们待见。虽然别人未像三吉那般说得露骨，但心中是一样的想法。可猫婆毕竟是人，不能将她像猫一样葬在海底。长屋的众人把她放入棺材，翌日傍晚葬在麻布的一家小寺庙中。

那个傍晚雾气弥漫，如同下着微雨。阿薪的棺材到达寺里，正巧那里刚结束另一个寒酸的葬礼，送葬的人正要回去。阿薪的葬礼在寺庙正殿开始时，两拨送葬的人碰了个正着，因为都是这一带的居民，面熟的不少。

"噢，你也是来送葬的吗？"

"辛苦了。"

两边这么一寒暄，就有个大眼睛的高个子男人跟阿薪家隔壁的木匠打招呼。

"哎呀，辛苦了。你们葬礼送的是谁啊？"

"是长屋的猫婆。"年轻的木匠回答。

"猫婆……真是个怪名字，猫婆是谁呢？"男人又问。

于是木匠便将猫婆绰号的来历、死时的情形等一五一十地跟对方说了。男人侧耳仔细听完这些，跟木匠告别，出了寺门。他便是附近澡堂的熊藏。

三

"总觉得那个猫婆的死有蹊跷呢。"

那晚,熊藏马上去了神田的三河町,跟领班老大半七报告。半七默默听完。

"老大,怎么样?是不是有些奇怪?"

"嗯,的确奇怪。不过,只要你来,就没好事。今年正月,你家二楼的客人那事[①],就让我们好一番折腾。可不能再大意了。算了,这事你深挖一下再来报告。猫婆毕竟也是人,未必不能猝死。"

"得令!这次我一定会认认真真地调查,以雪正月事件之耻。"

"行吧,好好干。"

熊藏走后,半七略作思索。熊藏说的话不容小觑,在长屋房东的威吓和众人合力下,猫婆那些比孩子还疼爱的猫被带走,沉入芝浦海底。猫婆又正好在猫走后第七日死了。到底是猫的怨念,还是什么因果报应,似乎的确有些蹊跷。这事不能全靠一个粗心大意的熊藏。半七决定第二日一早就去爱宕下[②]的熊藏家走一趟。

熊藏家就在澡堂里。时候尚早,还没有客人到二楼,熊藏默默地带半七上了二楼。

---

① 指《半七捕物帐》系列中的《汤屋二楼》,在该故事中,熊藏冒失地提供了不准确的情报。
② 地名,位于今东京都港区新桥到西新桥一带,江户时期多大名屋敷。

"今天这么早，请问有什么事吗？"熊藏小声问。

"其实还是为了昨天的事，那之后我想了一下，还是觉得奇怪。"

"确实如此吧。"

"所以你又查出什么没？"

"还没有查出什么，毕竟昨天傍晚才听说这事。"熊藏挠着头说。

"猫婆如果确实是病死的倒没什么，可如果头顶的伤有什么来头，你觉得会是谁干的？"

"应该是长屋的人吧？"

"果真如此吗？"半七说着思索了一下，"那家儿子不是很奇怪吗？"

"可是，那儿子可是邻居们都称赞的大孝子啊。"

人人称赞的大孝子，如何会犯弑母这样的大罪，半七也不得其解。但猫婆已经老实地上交了所有的猫，长屋的人应该也没有理由杀她。如果既不是儿子，也不是长屋的人搞的鬼，那么猫婆果真如医生诊断的那样，是中风而死吗？半七仍旧有疑问。猫婆的儿子再怎么年轻，也已经二十岁了。见到母亲死了，却不告知邻居，特地跑去邻町同样卖鱼的人家里，让人觉得不合常理。话又说回来，那样一个大孝子，为什么会杀害母亲，实在是动机难寻。

"不管怎么说，我再来拜托你一次，这几日好好调查。过个五六日，我再来问你情况。"

半七交代完就走了。九月末阴雨连绵，约五日后，熊藏来到半七处，说："雨下得真大啊。上次提到的猫婆一事，还是毫无头绪。她家儿子照常每天卖鱼。早早地卖完鱼，回家路上就去葬老妈的寺里参拜，长屋的人都夸他呢。再说长屋的人，猫婆暴毙，他们都有些快意，根本不会想找个犯人出来。不管是房东，还是自身番，都不把这事放在心上。所以说，我也束手无策……"

半七不由得"啧"了一声，道："这种情况下想办法不正是你的任务吗？算了，不能交给你一人办。我明天直接去看看情况，到时候你给我带路。"

翌日，阴冷的秋雨依然淅淅沥沥地下着，熊藏按前日说好的时间来接半七，两人各自撑伞往片门前[1]走。

猫婆生前住的长屋外的小巷比想象中宽阔。走进小巷，左侧有口大井。沿井边左转，就能看见转角处有几户相连的长屋。长屋仅建了左侧一排，右侧空着，似乎是留给染坊晾晒的空地。雨水打湿了空地上低矮的秋草，一只野狗看起来很冷的样子，正在找吃的。

"就是这里。"熊藏小声说着，指了一下。猫婆家南面的屋子还没人入住，两人去了北邻木匠家。熊藏认识这家的木匠。

"打扰了，今天天气可真糟糕啊。"

熊藏在外面大声说道，木匠家年轻的媳妇出来了。熊藏坐在门框上打招呼。两人路上商量过，熊藏介绍半七是最近搬到附近的人，因为新家多有破损，所以想找木匠修缮。具体如何说，半七也特地嘱咐过他："就说我刚搬来，对这一带的木匠还不熟，所以就拜托阿熊你给我介绍……"

"原来如此，希望能帮上您的忙，后续拜托了。"阿初以为来了新主顾，殷勤地笑脸招呼，定要两人来家里坐坐，拿出烟盆[2]和茶招待。

"你们家也有老鼠吗？"半七装作不经意地问。

"如您所见，我家房子也旧了，老鼠猖狂得很呢。"阿初回头

---

[1] 地名，位于今东京都港区，今作"芝片门前"。
[2] 装有烟斗、烟灰缸等全套烟具的器具。

看了眼厨房答道。

"养只猫怎么样呢？"半七说。

"这个嘛……"阿初含混地说，脸色略沉下去。

"说起猫，隔壁婆婆家怎么样了？"熊藏在旁插话，"那家的儿子还是像往日一样勤奋挣钱吗？"

"是的，那个人还是在认真工作，真让人佩服。"阿初回答。

"我只在这里说……"熊藏压低声音道，"据说町上有奇怪的传言……"

"嗯，什么传言？"阿初的脸色又变了。

"说是那家儿子，拿扁担杀了自己的母亲呢……"

"啊？！"阿初连眼睛的颜色都变了，目光在半七和熊藏间游移，似乎是在揣摩他们的神色。

"喂，不要随便说这种无凭无据的话。"半七喝止道，"这不比旁的事，可是弑母啊。万一有什么差池，不要说本人，就连有瓜葛的人都要跟着遭殃的。可别再说这种蠢话了。"

看到半七的眼神暗示，熊藏装作慌张的样子住了口。阿初也突然沉默不语。三人一时无话，半七趁机站起来，说道："打扰了，今日天气不好，修房子一事要再等等，我改日再来拜访。"

阿初问半七家住哪儿，说等丈夫回来后让他去半七家。半七只推说明日会再来，不用对方上门，就道别走了。

"是那家老婆最先发现猫婆尸体的吧？"出了小巷，半七问熊藏。

"是的，那个小娘儿们，一提猫婆的事，脸色就变了呢。"

"嗯，我大致知道了。你可以回去了，后面我来调查。嗯？我一个人没问题。"

和熊藏分别后，半七去办了其他事。之后于暮七时（下午四点）

前再次来到上午去过的小巷。雨下大了，好在半七撑了伞，他用伞挡住一侧脸颊，偷偷摸进猫婆家南面的空屋子。他轻轻关上这户临街的门，在潮湿的榻榻米上盘腿坐下，听着时而扑通扑通漏进阁楼中的雨声。蟋蟀的叫声从破败的墙壁缝隙中传来，没有生火的空屋子有些寒冷。

房前的路上响起雨落在伞上的声音，木匠的老婆好像从外面回来了。

四

又过了半响,外面响起潮湿的草鞋声,脚步在隔壁门口停下了。半七想,应该是猫婆的儿子回来了。果然听到卸笸箩和扁担的声音。

"小七,你回来啦。"

似乎是阿初从隔壁悄悄地出来了。随后就听她站在土间,气也不喘地说着什么。七之助回话的声音很低,半七听不见两个人谈话的内容。但透过墙壁竖起耳朵仔细分辨,能听出七之助哭了,不时有擤鼻涕的声响。

"别说这种丧气的话,还是快点儿去阿三家商量一下对策吧。大致情况我已经跟他说了。"阿初尽量小声地说,好像在极力说服七之助。

"快去吧,真是让人着急。"阿初拉着犹豫不决的七之助的手,生拉硬拽地将他赶出了门。

七之助似乎默默地走了,沉重的草鞋声在外面的巷子里渐渐远去。目送七之助走后,阿初正想回家,半七突然从空屋子里打招呼:"老板娘。"

阿初吓了一跳,站住了。当看到半七打开空屋子的门出来时,顿时面如死灰。

"在外面说话不方便,还是到里面说吧。"半七率先进了猫婆家,阿初也只好沉默着跟进去。

"老板娘,你知道我是干什么营生的吗?"半七问道。

"我不知道。"阿初小声地回答。

"你就算不知道我的身份,应该也知道阿熊那家伙除了经营澡堂,还有别的营生吧。不,你肯定知道,你家男人和阿熊很熟吧。先不管这个了,你刚才和那个卖鱼的,偷偷摸摸地说了些什么?"

阿初只是低头站着。

"就算你想隐瞒,我也知道。是你给那个卖鱼的出的主意,让他去邻町的三吉家商量吧?就像今日熊藏说的,那晚七之助用扁担杀了自己的老妈。你知道这事,却包庇七之助,让他逃到三吉家。三吉也是一通胡说八道,又把七之助带了回来。是不是这样?要是我这卦算错了,不收你钱。或许长屋的人都被你们蒙蔽了,我们可不吃这套。不要说七之助,和他一起演戏的你跟三吉,都脱不了干系,不要以为你们中间有谁能免罪。"

被半七这么一吓唬,阿初哭了起来。她坐倒在土间,拜求半七放过。

"能不能放过你,要看情况。但你想要赎罪,就得痛快地说出实情。怎么样,我说得有没有错?你和三吉串通一气,包庇了七之助吧?"

"不胜惶恐,大人说得是。"阿初颤抖的手撑在地上磕头。

"惶恐的话,就说实话。"半七的声音略放柔和了一些,"所以,那个七之助为什么要杀母亲?都说他孝顺,难道从一开始就是装的吗?还是两个人吵架了?"

"因为他的母亲变成了猫。"阿初说道,仿佛又想起那时的情景,害怕地缩起肩膀。

半七笑着皱了皱眉。

"哦,变成了猫……这不是戏里的故事吗?"

"不,是真的,绝没有说谎。这家的阿薪真的完全变成了猫。那时候我也吓得不行。"

有多年断案经验的半七,从阿初害怕的声音和脸色能看出对方并没有说谎,也不由得认真起来。

"那,你看到那位婆婆变成猫了吗?"

阿初表示的确看见了。

"是这样的。阿薪养很多猫的时候,总会叮嘱七之助每天留几条鱼给猫吃。后来,所有的猫都被沉到芝浦海底,家里明明没有猫了,她却还是让他回家时带鱼。七之助老实,母亲说什么都答应。只是这事传到我丈夫耳朵里,他说怎么会有这种蠢事,家里没有猫,还要带那么些高价的鱼回去,让七之助不要再听母亲的话。"

"那他母亲是怎么处理那些鱼的?"

"这点就连七之助也不知道。阿薪只让他放在厨房的架子上,到第二天早上,鱼就消失了……所以七之助也感到不可思议,说不知道怎么回事。我丈夫就来了劲,说你试试不带鱼回家,你母亲又将如何。七之助听进去了,神明祭结束的第二日傍晚,七之助故意卖光了鱼才回家。我当时正好外出买东西,回来时,在小巷的拐角处碰到了七之助,就跟他一起回来。如果就那样分开就好了,但是那天见他筐箩空了,我也想看看他母亲会有什么反应,就站在他家门口往里瞧。只见七之助进了土间,卸下筐箩,阿薪就从里面出来了。一出来就往筐箩里瞅,说:'咦,今天怎么没带鱼回来?'说这话时,阿薪的脸……耳朵竖起来,眼睛闪着光,嘴巴咧开……就像猫一样。"

阿初此刻仿佛又看见了那时的猫脸,看着昏暗的房内屏住呼吸。

连半七都被唬住了。

"这还真是奇怪，后来怎么样了？"

"就在我心里大惊的时候，只见七之助突然拿起扁担，对着母亲的头顶就是一击。重击在那么要紧的部位，阿薪一声没吭，就倒在土间的地上了。七之助面色恐怖，盯着母亲的尸体看了好一会儿，突然惊慌失措，去厨房拿了把菜刀出来，就要往自己喉咙上刺。我想，不能继续旁观了，冲进去阻止。其后我问他原因，果然七之助也说看见母亲的脸变成了猫。他认为是猫不知何时吃了母亲，又化成了母亲的模样。孝顺的七之助一心只想为母报仇，一时忘我，杀了母亲。杀死后才发现，死的居然真的是自己的母亲，尸体既没有生出尾巴，也没有长毛。如此一来，竟成了弑母，七之助于是一心求死。"

"婆婆的脸真的变成猫了吗？"半七再度确认，阿初言之凿凿，说自己和七之助确实亲眼所见。若非如此，平日孝顺的七之助，绝没有道理对着母亲的头重击。

"本以为阿薪死后，会露出真面目，可看了一会儿尸体，阿薪的脸依然是人类的脸，再怎么等也没有变成猫。那时候，到底为什么会变成猫一般恐怖的脸，让人怎么也想不通。是不是死去的猫的亡灵附在了阿薪身上？但若就这样让七之助成了弑母的人，未免太过可怜了。本来也是我丈夫出的主意，才落得这般下场。我勉强劝慰七之助，和他一起去平时与他关系好的邻町三吉那里，同三吉商量对策。好在七之助的南邻家空着，我们出巷子时没被人撞见。后来三吉出了很多主意，让我先回去，装作第一个发现尸体的人，闹出点儿动静。"

"后来的事，大家都知道了。其后就是我们今日来，让你感到奇怪。你刚才去了三吉那里吧？你等着七之助回来，也让他去三吉那里商量，对吧？所以最后商量的结果是什么？是想让七之助逃走吗？算了，与其听你说，还不如现在赶紧去三吉那里走一趟。"

半七在雨中急忙赶往邻町，三吉却说今早起就没见过七之助。半七刚开始还怀疑，是不是三吉把七之助藏起来了，但看起来完全不像那么回事。这时，突有一事浮上半七心头。他又出了三吉家，追去麻布的寺庙，只见阿薪墓前新的卒塔婆[①]淋着雨，空无一人。

翌日早上，七之助的尸体从芝浦浮上来，正是长屋人沉猫处。

恐怕那时七之助决定，不再去寻三吉，直接找地方赴死吧。再怎么有人佐证，母亲的脸看起来像猫这种奇怪的理由，也无法成为逃脱弑母罪行的理由。在被处以磔刑[②]之前，还是自我了断更好。半七忖度，七之助应该是这样想的。

"事情大致就是这样。"半七老人讲到这里，喘了口气，"之后深入调查，了解到七之助确实是个大孝子，绝不可能杀死母亲。邻居阿初也老实，不像会说谎话的女人。这样的两个人，都看到阿薪的脸变成了猫。居然会有被猫附体这种事，真是不可思议啊！后来人们在阿薪家的缘廊下面，挖出了很多腐烂的鱼骨。可能是阿薪没了猫以后，还将那些食物放在缘廊下面吧，让人有些不寒而栗。最终房东拆掉了那处房子。"

[①] 本指佛教供养舍利的佛塔。在日本也指塔形的竖长木片，写有经文或题字，作追善供奉用。多立在墓后或墓周空地。
[②] 一种死刑，将犯人绑在柱子上，用长矛刺死。

半鐘の怪

半钟怪

✳

……两件小孩的红色和服，舒展的衣袖像冷冷正月黄昏残留的风筝。印章店的老板娘似乎打算把它们晾在外面过夜，突然，和服自己走了起来。

「咦、咦、和服……」

往来的行人看到这情景议论纷纷，听到声音的街坊四邻也跑出来仰头看热闹，只见一件红色和服，仿佛被魂魄附身，从晾衣竿上脱离，摇摇晃晃地走进暮色。

一

十一月初某个下着阵雨的日子,我去拜访久未谋面的半七老人。老人说刚从四谷回来,做了初酉的参拜,手里拿着个发簪那么大的耙子。①

"差点儿让你白跑一趟,请进。"

老人说着,将耙子放在家里的神龛上,照例和我去了六畳房间。闲聊一番酉市②的今昔变化,正逢时令,于是又谈起火灾。③或许和职业有关,半七老人对有关江户时期火灾的事非常熟悉。在过去,纵火自然是重罪,就连在火场盗窃也是死罪。说到这些,老人又笑言:"这世上多的是意想不到的事。我要讲的这件事,不便透露具体町名,总之也发生在下町。从前跟你讲过《妖怪师傅》④,你就当这个故事的发生地离那师傅家不远吧。那里因发生了怪事,一时沸沸扬扬的。"

---

① 日本自江户时代起,就有在十一月的酉日向神明供奉鸡,以庆祝秋日丰收的习俗。耙子是该祭祀活动的代表吉祥物和护符之一。
② 与前一注释相关的供奉神明的活动。
③ 按天干地支纪日法,每十二日会出现一个酉日,十一月最多会出现三次酉日,分别称作"初酉""二酉""三酉"。此外日本民间有"十一月有三次酉日的年份多火灾"一说,提醒人们注意用火。
④ 《半七捕物帐》系列故事之一。

时值神田明神祭①结束，天气越发凉了，穿裌衣有些冷。昏暗的烤地瓜店前，粗笔浓墨写着"八里半"三个大字的行灯，发出晦暗不明的光。澡堂的白烟还在空气中弥漫，从秩父来的秋风就已吹起。在火灾多发的江户，这风吹得让人胆寒。就在这样的九月末十月初，町内的半钟②响了。

"糟了，失火了！"

人们慌慌张张从家里逃出来，却看不到一丝烟火。这种情况最近时有发生，一晚少则一两次，多则三四次。有时敲的是一钟，有时是二钟，有时是表示火势很近、响个不停的半钟③。这一敲不要紧，就连隔壁町也因为听到警报，慌忙敲起半钟。消防员也不明就里地慌忙集合。这可是连澡堂白烟都不冒的半夜，绝不可能看走眼，把别的烟误认为火灾。众人不知原因，只好原地散了。末了人们都习惯了这事，认为肯定是什么人的恶作剧。但火灾与旁事不同，大家都认为恶作剧的人必须得到严惩。

无缘无故就敲响半钟，扰乱官家的人休息，这是重罪自不必说。最恼火的，当数町内的自身番。

"自身番相当于比现在的派出所大一些的组织。"半七老人解释道。

"每个町都有。武士町的派出所归武家管辖，称作'辻番'。商人町的派出所为商人所有，称作'自身番'，旧时也叫'番屋'。据说是因为以前地主自己就在里面当值，所以叫自身番。后来形成

---

① 东京都千代田区的神田神社举办的祭典。
② 用于预警火灾的钟。
③ 敲半钟的节奏，代表失火处的远近。火灾远，钟一声一声地响，中间有间隔，即一钟；离得稍近，两声两声地响，为二钟；非常近，则中间不作任何停顿地持续响，为半钟。——原注

了组织，地主就把自己家的领班派到自身番，另外再派两三个男人值勤。大一些的自身番，会有五六个人当值。自身番的房顶上架着防火梯，发生火灾时，就由自身番执勤的人或町内的番太郎敲钟。若敲半钟的事出了差池，自身番需要承担连带责任。我们这个故事里提到的，是个小型自身番。领班的老大叫佐兵卫，只有两个手下。"

佐兵卫是个五十来岁的单身汉，患有疝气，一到冬天就发病。两个手下叫传七和长作，两人也年过四十，都是单身。这三人作为此事的责任人，被町里的官员骂了个狗血淋头，交代他们每天晚上务必看好防火梯。于是三人对梯子严防死守。看得严实点儿，就一夜无事；但凡稍微懈怠，那半钟就像警示他们不要偷懒似的锵锵锵地响起来。町上的官员也去检查过钟，没查出半点儿异样。钟声只在夜晚响起。

那个时代的人，虽然迷信无法解释的怪象，但不认为钟会平白无故地响。更何况有人值守时钟绝不会响，自然就联想到恶作剧。必定是有人见冬天快要来了，人们对失火的恐惧心越来越盛，就出来作恶吓人。但不揪出恶作剧者，众人始终无法心安。况且人们担心，即便是人为的，每夜如此，会不会成为真正大火的前兆呢？有些性急的，甚至打包了行李，做好随时逃跑的准备。还有些人，让家里的老人暂且寄宿在远方的亲戚家。连点根稻草冒出来的轻烟，在这个町上的人看来都很刺眼。他们敏锐的神经，像嫩芦苇叶般颤抖着。既然如此，就不能再依靠自身番那些年老昏聩的大叔了，不要说兼任灭火工作的仕事师[①]，町上的年轻人也几乎全数出动，每晚在防火梯周围守着。

---

① 江户时代的建筑工人多兼任灭火工作，称作"仕事师"。

或许是恶作剧者被这惊天动地的戒备所震慑，钟声在其后的五六日内都没响。自十月的会式①以来，阴冷潮湿的雨下个不停。半钟的鸣响几日未起，加之每日下雨，让町上的人放松了警惕。而灾祸就像在等待时机，意外地降临到一个女人头上。

那是个住在町内小巷子里的年轻女人，名叫阿北。她以前曾在柳桥做艺伎，后来被日本桥一家大商铺的老板相中，收作妾室，住在这里一处小而整洁的房子里。她家老爷那日中午来、五时（晚八点）左右走，随后阿北去了附近的澡堂。女人洗澡时间长，阿北出来已是五时半，路上行人很少，再加上是雨夜，多数商店的大门都半合着。雨中微微有风。

就在阿北即将踏进小巷时，她的伞忽得变得像石头一样沉重。阿北感到奇怪，想将伞稍微倾斜一下，伞却突然哧啦哧啦地裂开了。不知从哪里伸出一只无形的手，抓住阿北的三轮髻②就是一顿生拉硬拽，阿北吓得大声尖叫，踉跄着踩空路上的沟板，摔倒在地。邻居闻声赶来，阿北的腹部已被弹起来的沟板重重撞了一下，失去了知觉。

阿北被抬到家里，一番照料，才慢慢回过神来。说当时半梦半醒，记不清具体情形。只觉伞莫名变得奇重无比，并自发裂开了，接着就有人抓住了她的头。这事让町上更加骚乱。

"町上有妖怪。"

谣言不胫而走，女人和孩子都不在天黑后出门。就连听惯了的上野和浅草的日暮钟声，也仿佛是邪恶来临的信号，让人胆寒。就在这沸沸扬扬之时，又发生了一件事。

---

① 在各宗派创始人的忌日举行的法事。也特指池上本门寺的会式，是自江户时代以来的重要法事。
② 江户时代后期到大正时期，女艺伎师傅及富豪家的妾室梳的发型。

那是阿北被看不见的妖怪吓倒后的第五天。连绵的冬雨终于停了，女人们忙着在井边洗衣服。湛蓝的冬日天空下，到处飘扬着她们晾晒的白衣红裳。快天黑时，外面晾晒的衣物逐渐变少，只剩印章店家的晾衣绳上还挂着两件小孩的红色和服，舒展的衣袖像冷冷正月黄昏残留的风筝。印章店的老板娘似乎打算把它们晾在外面过夜。突然，和服自己走了起来。

"咦，咦，和服……"

往来的行人看到这情景议论纷纷，听到声音的街坊四邻也跑出来仰头看热闹。只见一件红色和服，仿佛被魂魄附身，从晾衣竿上脱离，摇摇晃晃地走进暮色。那姿态，不是被风吹的，而像长了脚，从一个屋顶走到另一个屋顶。人们大吃一惊，吵吵嚷嚷。也有人捡起石头扔过去。走路的和服像受了惊吓，拉起红色的裙摆飞快跑开，消失在当铺高高的库房后面。此情此景，让印章店的老板娘面色苍白，浑身发抖。

这事再次在町上引起轩然大波，人们后来在当铺后院的高树枝上找到了那件和服。舆论一时分作两派。吓到阿北的事件，似乎是无形的妖怪所为；而印章店晾晒的衣服，更像出自人类之手。当然，谁也没有看到操纵和服者的真面目，但也不难想到，和服下面可能藏着什么。是妖，还是人？持两种见解的人谁也不服谁。但后面发生的事，却为后一种猜想提供了有力的证据。町内的铁匠铺有个调皮捣蛋的学徒叫权太郎，有人说看见那日傍晚他爬上了当铺隔壁的屋顶。

"肯定是权那臭小子。"

人们认定，引起骚乱的始作俑者就是权太郎。权太郎今年十四岁，是町上出了名的喜欢恶作剧的小鬼。

"那家伙真是个无可救药的顽劣之徒啊。不觉得对不起大伙儿吗？"

于是权太郎被师父和师兄弟们一顿围殴，接着便被拖去了自身番。大伙儿让他道歉，权太郎却不肯认罪。他说自己溜去当铺隔壁的院子，是相中那里好吃的柿子，想偷些回来，至于敲半钟、掳去衣服，却是半点儿没有的事。没人接受他的说法。权太郎越是坚持，大家越是愤恨，终于给了他一顿棒打，然后将他两手用绳子捆住，扔进一间六叠的板房。

二

这下问题解决，总算可以安心了，众人如是想，却在那夜又被半钟声吓醒。半钟响彻夜空，仿佛在为权太郎喊冤。这段时间以来，连敲钟槌都被收起来了，不知是谁在一如既往地敲着半钟。

这样看来，绝非人类所为。整个町再度陷入恐慌，所有人再次出动，守在防火梯旁。而半钟又像以往那样，戒备森严时默然无声，一旦稍微放松警惕，马上就响。这种胶着状态持续了月余，人们都感到疲倦，不知道该怎么办才好。

"天冷起来了呢。"

"哦，是半七您来了。这边请。"

正巧在自身番的家主对半七笑脸相迎。时候正到了和半七老人讲这个故事同样的时节，也是十一月初下阵雨的日子，番内的大炉子里燃着红红的炭火。半七进入房里，将手放在炉上烤火。

"听说町上出了些乱子，让您操心了。"

"我想您可能都了解得差不多了，真是麻烦啊。"家主皱着眉道，"怎么样，依您看来……"

"这个嘛，"半七歪着头沉思，"其实我也不了解个中详情，应该不是那个爱恶作剧的阿权吧。"

"阿权被绑着,半钟还是响了。索性就先放他回了主人家。"

半七之前已从家主那里听了详细的事情经过,此刻闭上眼睛想了一会儿,说道:"我也还不是很明白,需要多费些工夫。本该早点儿来的,但因为还有别的急事,所以来晚了。我想先看一下那钟,可以让我上去看看吗?"

"好,好,请。"

家主先站起来出去,半七抬头看了看火警瞭望台,想了一会儿,又迅速爬上防火梯。他确认了钟,又马上下来,查看四周。自火警瞭望台过去三栋房子,有条狭窄的巷子,遇见怪物的阿北就住在那条巷子里。巷子深处有块相当大的空地,空地一角是古旧的稻荷神祠。空地上,有个住在附近的男孩正在转陀螺。半七下来,去了那条巷子,只见阿北家房子上贴着房屋出租的纸条。家主告诉他,那个胆小的妾室阿北,在受到怪物惊吓的第三天,就匆匆搬走了。

半七又去了铁匠铺,从前门偷偷探头望去,只见一个当家模样的四十来岁的男人,正在指挥三个工匠干活儿。他们敲打铁锤,迸发的火花四溅。家主告诉半七,那个在旁边呆呆地用风箱扇风的,就是前阵子惨遭冤枉的权太郎。权太郎方方正正的脸,被煤熏得漆黑,只能看到一双大眼睛闪闪发亮。看起来的确是个会调皮捣蛋的小鬼,半七心想。

"多谢您带我到处看。我还有些别的事情要处理,过两三日再来。"半七说着和家主道了别。

因为其他事一时脱不开手,等半七再回到町上时,已经过了他承诺的两三日,是四五日后了。在那期间,又发生了一件让町上的人感到惊讶的事。

第一个受害者,是町内烟草店家的十七岁女儿阿开。阿开去本所走亲戚，六时半（晚上七点）左右回家，冬日的太阳已经落山，北风吹着轻沙滚过地面，夜色中望去白茫茫的一片。想到町上近来多有怪事，年轻女孩心跳加快，后悔没有早点儿回家。阿开紧紧拢住衣袖，头也不抬地快速走着，却听见身后传来同样急促的脚步声，声音好像越来越近，发出微微的回响。阿开仿佛被浇了一瓢冷水，寒毛直竖，但她不敢回头看，只好战战兢兢加快脚步。总算走到町内的转角处，却突然刮起一阵大风。风裹挟着白色的沙尘，从阿开的脚下往上吹。就在阿开下意识地用袖子挡住脸的瞬间，尾随而来的怪物如旋风般突然靠近，将阿开撞飞。

听到女孩的尖叫声，邻居们纷纷赶来，却见阿开已失去意识，倒地昏迷。她的岛田髻被扯得散落开来，膝盖上有些轻微擦伤，其他并无大碍。但因惊吓过度，阿开醒来后也是迷迷糊糊的，当晚就开始发烧，在床上躺了三天。

围绕这作恶的是人还是妖，争论又起。那日目击权太郎爬上当铺旁边围墙的正是阿开。会不会权太郎因阿开走漏风声，导致自己在自身番惨遭毒打，遂起了复仇之心呢？但这一怀疑很快被打消。铁匠铺的主人、权太郎的师父亲自证明，当时权太郎正在店里。也有别人声称那晚看到了权太郎在工作。权太郎再怎么恶作剧，也不可能身处两地，于是这次的事就赖不到他头上。谜团因此不了了之。

"晚上别出去。"

天黑后，女人和孩子都开始闭门不出。谁承想，又有意外的灾祸降临到男人身上。第二个受害者正是自身番的头儿佐兵卫。佐兵卫先是被冬天这个敌人击倒，从上月起就受疝气折磨。偏偏这时节町上不得安宁，每天都有官员开会，他也只好忍着疼痛爬起来。白天尚且好说，可以用温石①取暖，到了晚上，寒气直往他腹内钻。疼得他抱着小腹躺在火炉边呻吟。

"还是叫医生来看看吧。"

手下传七和长作看不下去，提议说。

"算了，再忍忍吧。"

自身番的大叔们和番太郎，都需要用钱。佐兵卫怕看病贵，想尽量吃买的药，多拖些时候。可随着夜幕降临，疼痛越来越强烈，他再也忍受不了。即便如此，也坚持不叫医生上门，说要去医生家。

"那我送你去。"

传七说着，陪忍受强烈痉挛、无法正常迈开步子的佐兵卫出了门，町上已被夜霜覆盖。传七牵着他的手，去了邻町的医生家。医生开了药，又叮嘱他注意卧床休息和保暖。二人道过谢，从医生家出来时，已接近四时（晚十点）。

"听说你们町上最近发生了很多事，回去路上要小心。"医生说。

亲切的提醒，却唤起二人心中的寒意。回去的路上传七也牵着佐兵卫的手。

"趁着町门没关，我们赶紧回去吧，免得又要麻烦番太郎开门。"

这是个无风无月，仿佛能听到霜冻声的寂静夜晚，街上已是灯火稀疏。佐兵卫抱着下腹，蜷缩着走。当他们走进町内，刚过两三户人家时，一个黑影从当铺的天水桶②里闪出来。还没等他们看清，只见那黑影就匍匐跑到佐兵卫脚下，将蜷缩的佐兵卫一把拽倒。一向胆小的传七吓得大叫一声，撒腿就跑。

听完胆小鬼传七的报告，长作抄起棍子就往外走。传七也拿了

---

① 将烧过的石头用布包起来，取暖用。
② 旧时放在屋顶等处，积蓄雨水，用于防火。

样趁手的兵器跟出去，却再也不见那黑影。佐兵卫摔倒时膝盖受了伤，左前额上也有一处似乎是石头击打留下的挫伤，不知是被对方击中，还是自己摔的。

调查得知，那晚权太郎确实没有外出，人们对他的怀疑逐渐淡化，而认为事件神秘莫测的心态也更加强烈。据胆小鬼传七说，攻击佐兵卫的看起来像河童，但町上不可能有河童，因此谁也没信他的话。

"总觉得是人干的。"

而且，这阵子很多人家的食物失窃。不管是吓唬阿开的方式，还是袭击佐兵卫的手段，大家都认为妖怪的行为越发像人类。一定是除了权太郎以外的恶作剧者来到了町内，全町又进入每夜高度戒备的状态。

三

从那以后，半钟再也没有响过。那钟高悬于冬日的天空，仿佛什么也不知道。

后来有人搬进阿北家的房子，但仅住了一夜就搬走了。说是夜里行灯突然熄灭，不知什么东西抓着女主人的发髻将她拖出了被褥。此外家里什么也没丢。房东怀疑是房子空着时，有什么东西偷偷住进去了，可上门检查，却什么也没找到。

"难道果然是怪物吗？"

这样的流言再次出现。町上的人，搞不清楚到底是人还是妖怪在搞鬼，对于如何躲过灾祸，也就无从下手。钟不再鸣响，地上的怪事却一桩接着一桩。

其后成为牺牲者的，是番太郎的老婆阿仓。

"番太郎嘛，年轻人可能已经不知道了。"半七老人解释，"过去的番太郎，就是町上打杂的。每天边走边打梆，告诉町上的人时辰。番太郎多数住在自身番隔壁，也会在自己店里兼卖些草鞋、蜡烛、煤球、扇火用的团扇之类的，可谓应有尽有，可算作兼开杂货店吧。除此之外，夏天还会卖金鱼，冬天卖烤地瓜。甚至有人开玩笑，说八幡太郎①和番太郎有什么区别,虽说是小本经营,但因为什么都做,很多番太郎也能存不少钱呢。"

番太郎家隔壁,有家小文具店,老板娘于暮六时(傍晚六点)突然要生产。家中只有夫妇二人,丈夫只知道急得团团转,于是着番太郎的老婆阿仓去找产婆。帮这个忙能拿点儿跑腿费,阿仓自然不会推辞。何况当时天还没黑,这段时期町内又戒备森严,阿仓毫不在乎地穿上木屐就出门了。产婆住在离此地四五个町的地方,阿仓走得十分匆忙。这夜又结了霜,两侧的街灯在狭长的小町投下淡淡的亮影。在阿仓的催促和拜托下,产婆和她一起匆匆赶来。

产婆年届六十,走路已不大利索,她用头巾包着脸,跌跌撞撞地走着。阿仓强忍着心急,配合产婆的脚步,对方却开始东一句西一句地扯些琐碎闲话。阿仓因为着急,只得边勉强应付产婆的闲话,边拉着她急急忙忙往回走,町上的灯光就在眼前。

与邻町交界的地方有两排仓库,接着是一个大的伐木场。前后左右的灯光都照不到这里,冬夜的黑暗像漆一样笼罩着。要进入町内,必须穿过这片区域。想到前阵子烟草屋的女儿也是在这一带遭遇意外,阿仓拉着产婆加快脚步,却见从路边堆放的木材中,爬出来一只像狗一样的东西。

"啊呀,这是什么?"

带着蹒跚的产婆,阿仓无法立刻逃走。胆大的她试图透过黑夜,看清那东西的真面目。说时迟那时快,怪物突然俯下身来,纵身一跃跳到阿仓的腰上。

"你想干什么!"

---

① 指源义家,源濑义的长子,平安时代后期的武将。

阿仓奋力挣脱，第一次打得对方退后，第二次阿仓的和服腰带被扯了下来。随着腰带嘶嘶地松开，阿仓也不由得乱了阵脚，只得放声叫人。一旁的产婆也用干瘪的声音叫着"救命"。听到町上的人闻声赶来的脚步声，来袭者也慌了，它抓了一把阿仓的右脸，逃走了。阿仓勉力追出去二三间，可对方脚步飞快，瞬间就不见了踪影。

"那东西不是妖怪，是人。天色很黑，看不清楚，但感觉是个十六七岁的男孩。"阿仓说。有了勇敢的阿仓佐言，作怪的是人一事变得分明，但到底来者何人呢？

既然是人类，就有法子抓住，于是町上的捕吏聚在自身番商量抓人对策。此时又有一件怪事上报。那是在阿仓路遇那怪东西半小时后，事情发生在晾晒的和服被不明物掳去的印章店。印章店的厨房咚咚作响，老板娘以为来了大猫或老鼠，跑去厨房，又听到房顶传来声响。老板娘前阵子刚受惊吓，但想见一见那可怖怪物的好奇心难以抑制，于是解开拉窗的绳子，打开窗户一看，却在看到那东西的瞬间，吓得摔了一大跤。

老板娘事后颤抖着描述，她往屋顶一看，却看到两只闪闪发光的大眼睛。老板娘没有勇气继续看，跌落下去。

听了这番描述，町内的人又迷茫了。

"番太郎的老婆阿仓说得不可信，那东西好像不是人。"总之，这晚也在不得要领中结束了。

不安与混乱的日子在町内流逝。这天，半七处理好别的事情，终于能对半钟一事探个究竟。上午有客人来，不得闲，他于八时（下午两点）出了在神田的家，踏入被半钟诅咒、看起来有些昏暗的小町。

"是我的错觉吗？町上感觉很阴沉。"半七心想。

这是一个无风又寒冷的日子。阳光微弱地照着，旋即被风吹散。

虽然是白天,但很阴暗,似乎连乌鸦都感到困惑,连声叫着,好像急着回家。半七双手插在口袋里,先在町上的铁匠铺门前站了会儿,只见大大小小的橘子从店里蹦出来,小孩子们正成群结队地跟着捡。半七想起来,这天正逢十一月八日的鞴祭①。从小孩堆的缝隙看过去,只见铁匠铺的师父正起劲地往街上撒橘子。店里的伙计和权太郎则忙着把笸箩里的橘子搬到店里给师父。

半七又去了自身番,和家主一番寒暄,静等铁匠铺的撒橘子仪式结束。

半钟一案不结,家主就必须去自身番轮班。这事若不早日水落石出,真是很麻烦,家主在半七面前兀自抱怨着。

"不必担心,我一定很快给您理清眉目。"半七安慰道。

"那就拜托您了。天越来越冷了,江户火灾多发,这可真让人不得安生啊。"家主看起来实在苦恼。

"我很理解。现在需要您再多等一会儿。铁匠铺的鞴祭结束后,能否再叫那家的小伙计来一下?"

"果然是权那小子干的好事?"

"倒不能这么说,只是还有点儿事想问他。别吓唬他,麻烦静悄悄地带他过来。"

铁匠铺门前滚落的橘子渐少,孩子们也慢慢散了,家主去叫权太郎。半七抽着烟望向屋外,天空的颜色和墙壁一样,越来越深,魔鬼般的黑云匆忙飘过。有海参的叫卖声传来,听起来寒气逼人。

"这位是神田的自身番老大半七,好好打个招呼。"家主拉着权太郎,让他在半七面前坐下。可能因为这天铁匠铺过节,权太郎

---

① 鞴指风箱。十一月八日,铁匠店和铸件师会停业休息,清洁风箱,并供奉稻荷神。

没穿平时那件漆黑的工作服，换上了整洁的双子织①衣，脸上也不再烟熏火燎的。

"你就是权太郎？你师父接下来要做什么？"半七问道。

"接下来要祭酒。"权太郎说。

"那应该不用差遣你了吧？今天撒橘子，你得了几个？"

"只得了十个。"权太郎说着，挥了挥看起来很沉的衣袖。

"是嘛，我们在这里说话不方便，跟我去后面的空地吧。"

半七和权太郎从前门出来，却见外面啪啦啪啦地下起了小冰雹。

"啊，下起来了。"半七看着昏暗的天空说，"不碍事，来吧，快点儿跟上。"

---

① 两根棉线捻在一起织就的密度较高的织物。

四

权太郎老实地跟着,半七走进小巷,来到稻荷神祠前面的空地上。

"我说,权太郎,你真的没敲过半钟?"

"我真的不知道。"权太郎平静地回答。

"印章店晾的和服那事跟你也没关系?"

权太郎老实地点点头。

"也没有吓过住在这巷子里的小妾?"

权太郎依然说不知情。

"那你有没有什么兄弟,或者要好的朋友?"

"倒是没有特别要好的朋友,但有个哥哥。"

"你哥多大了,住哪里?"

冰雹下得有些大了,半七也有点儿沉不住气。他拉着权太郎的手,来到阿北住过的空房子檐下。大门没锁,一拉就打开了。半七踩着门前的踏石①进去,拿手帕擦了擦石头坐下。

"你也坐下吧。接着说,你哥哥住在什么人家?"

"我哥十七岁,在木屐店干活儿。"

权太郎解释说,那家木屐店离这里有五六个町远。他们的父亲

---

① 门下脱鞋的地方,用石头做成,比周围高一截。

死后，母亲也很快不知所终，兄弟俩被抛弃了，像孤儿一样。说起这些，平时顽皮的权太郎声音变得低沉。半七也不由得感到同情。

"那就剩你们兄弟俩，哥哥一定很疼你吧？"

"嗯！一放假哥哥就带我去看阎魔大王①，还给我吃很多好吃的。"权太郎骄傲地说。

"那还真是个好哥哥，你小子可真有福气。"半七说完，语气一变，带点儿震慑意味，直直盯着权太郎的脸，"要是现在，把你哥哥绑了去，你怎么办？"

权太郎吓得哭了出来："大叔，求你不要抓哥哥。"

"做了坏事当然要受罚。"

"那是因为我没做坏事还被绑去，所以很不甘心。"

"不甘心，所以呢？别想瞒我，老实说，我可是有捕棍②的。你是不是因为被冤枉了，不甘心，所以拜托哥哥给你报仇？快招！"

"我没有拜托哥哥，可哥哥说这太过分了，觉得不平……说我明明什么也没做，还让我遭受这么大的冤屈。"

"谁让你平时不老实，当时不也是因为想偷别人家的柿子吗？"

"小孩做这种事也情有可原嘛，平时也就是骂一顿。再说师父打我也就算了，自身番的家伙们棒打我，还把我捆起来。哥哥说，把人绑起来可是很严重的事，怎么能随便乱来。"权太郎带着颤抖的哭声说，"事到如今我什么都说。哥哥为我鸣不平，非要出一口恶气。烟草店那个多话的阿姐、自身番当班的那些老家伙，哥哥说要让他们都吃点儿苦头。"

"所以，烟草店的女儿、自身番的佐兵卫和番太郎，这三个人

---

① 或指供奉阎魔大王的常福寺，位于神奈川县横须贺市。
② 江户时代捕吏使用的武器和抓捕工具。

的事都是你哥哥干的?"

"大叔,求你饶了我们吧。"

权太郎放声大哭。

"不是哥哥的错,哥哥都是为了我。你不要去抓哥哥,你抓我吧。哥哥一直对我很好,我情愿代哥哥受罚。好不好,大叔?你饶了哥哥,把我绑走吧。"

权太郎小小的身躯蹭着半七,哭泣着扭动。

半七被他缠得没办法,不由得心软了。町上最臭名昭著的捣蛋鬼,居然深藏这么美好、温柔的内心。

"好了好了,那我放过你哥哥吧。"半七口气软了下来,"刚才的话,就我一个人听过,谁也不说。但是接下来你得听我的。"

权太郎自然应允,发誓不管半七吩咐什么都肯做。半七附在他耳边悄悄说了几句话,权太郎点点头出去了。

下了一阵的小冰雹终于停了,云压得很低,寒冷的阴影笼罩大地。虽说是白天,但所有人家都静悄悄的。就连平时在垃圾堆里翻找吃食的狗,今日也不见踪影。权太郎悄悄潜进阿北的空房子,蹑手蹑脚走到稻荷神祠前,从袖子里拿出五六个橘子,将橘子滚进神龛的格子里。自己则像只扁蜘蛛一样俯身趴在地上,拼命屏住呼吸。

半七在空房子里坐等了一会儿,没听到权太郎的动静,感到不耐烦,便走出去,小声问道:"喂,权太郎,有没有看见什么?"权太郎抬起头,摇了摇。半七很失望。

冰雹再度下起来,发出声响。半七连忙拿出手帕遮住头,不忍看权太郎俯身在外面淋冰雹,点点头示意对方回来。权太郎轻轻起身,走过来。

"稻荷神祠里面,什么声音都没有吗?连什么敲东西的声响也没有?"半七问。

"嗯,没声响,好像什么也没有。"权太郎小声回答,看起来很失望。两个人又回到刚才的空房子里。

"你还有橘子吗?"

权太郎又从袖子里拿出三个橘子。半七接过,尽可能不出声响地小心拉开身后房间的移门。门拉开后,可以看见有个二叠的房间,旁边的房间三叠左右,看起来都是女佣的房间。半七走进去,看到尽头还有个略作装饰的横向的六叠房间。那个房间靠缘廊一侧的移门上的和纸和骨架已经严重损坏。就着昏暗的光线,也能看出上面有很多破洞。门骨架有很多地方折断了,门纸也被撕得一团糟。半七往那个六叠的房间扔了两个橘子,又打开女佣的房间,扔了一个橘子。最后将入口处的移门关好,仍旧回到大门踏石处。

"我们安静等着。"他提醒权太郎。

两个人屏息凝神等了一会儿,外面落冰雹的声音停了,房内也没有声音,权太郎有些沉不住气:"会不会不在这里?"

"我不是说让你安静地等吗……"

就在此时,房间内传来轻微的响声,两人互看了一眼。听起来像是有什么东西钻过移门的破洞,爬到了六叠的房间里。如同猫一般的脚步声、在榻榻米上沙啦沙啦的抓挠声,越来越清晰。再仔细听,那东西似乎在狼吞虎咽地吃半七扔的橘子。

"这禽兽!"

半七笑着给权太郎递了个眼色,两人手拿草鞋,一起打开外面的移门,同时踢开房内隔门,跳进六叠的房间。只见晦暗不明的房间内,潜伏着一头野兽。野兽发出怪异的叫声,试图撕破移门跑去缘廊。半七追上去,用草鞋打野兽的头。权太郎也紧跟着。野兽被逼到绝境,露出白色獠牙向权太郎冲去。权太郎毕生的调皮捣蛋本事,在此刻发挥了作用,他丝毫不退缩,和野兽缠斗在一起,后者发出可怖的叫声。

"权太郎,抓紧了!"

半七边鼓励权太郎,边拿下盖在头上的手帕,从后面勒住敌人的脖子。野兽的脖子被挟制,立马没了刚才的势头,只剩手脚还在无谓地挣扎,最终还是被权太郎按倒在地。权太郎很是机灵,他迅速解下腰带,一连缠了好几圈,把对方牢牢地绑了起来。半七撬开缘廊一侧的雨窗,阴天微薄的日光立刻照进这间空屋子。

"畜生,果然和我想的一样。"

权太郎生擒的野兽,是一只巨大的猴子。这只猴子在权太郎的脸和手脚上留下了两三处抓痕,成了一番缠斗的见证。

"嗯?小事,一点儿都不痛。"权太郎得意地看着自己的猎物,猴子没死,只是愤恨地瞪着权太郎。

"这要是放在宫本无三四[①]之类的故事里,可就成了《击退狒狒物语》什么的,写进戏剧跟话本了。"半七老人笑言,"后来我们把猴子带去自身番,大家吓了一跳,全都来看热闹。你问我为什么会想到是猴子?那日我爬上屋顶看钟,就发现防火梯上都是野兽的爪痕,看起来也不像猫抓的。于是猛然想到,会不会是猴子的恶作剧呢?跳到人的伞上、把晾晒的衣服弄下来,听起来也都像猴子的行为。至于猴子的藏身之处,我一开始猜是藏在稻荷神祠里,这一点搞错了。可能最初猴子是藏在神祠里面,靠吃贡品过活,后来慢

---

① 歌舞伎、净琉璃的故事题目。

慢长大了，就开始捣乱。正巧这期间，阿北家空出来，于是猴子就换了据点，住进她家，继续作恶多端。可怜的权太郎，为平时的调皮捣蛋付出了代价。至于他哥哥的事，除了我谁都不知道，只说都是猴子干的。权太郎也因为制服了那东西，变得很受町上的人欢迎呢，后来成了个独当一面的手艺人。"

"那猴子到底是从哪里来的呢？"我追问。

"说来好笑，那只猴子，曾是两国的猴子剧团的演员。后来逃了出来，一家家地潜藏，慢慢来到这个町，最终惹了这么大的乱子。调查发现，那只猴子曾穿女装，扮过八百屋的阿七[①]呢，是不是很好笑？演戏的时候，它肯定爬过瞭望台，在上面敲过太鼓，所以到了这个町，看到防火梯，也要爬上去锵锵锵地敲钟。猴子演过戏，就学会了戏弄人，哈哈哈哈！我也算抓过形形色色的犯人了，用绳子把猴子绑起来，还是过于好笑。"

"那只猴子后来怎么样了？"受好奇心驱使，我又问。

"猴子的饲主付了一贯文[②]罚金，猴子因扰乱公共秩序而获罪，被流放远岛了。从永代桥搭远岛船，送去了八丈岛。对那家伙来说，可能放去岛上自由生活是最好的，小小的剧团房间对它来说太憋屈了。毕竟是畜生，想来岛上的官吏也不会把它盯得死死的，应该到了岛上就放了。"

猴子流放远岛，能听到如此稀奇的故事，我今日满怀期待的拜访果然很有意义。

[①] 原型为江户本乡八百屋（蔬菜店）的女儿阿七，为和情人见面而纵火，最终被处以火刑。井原西鹤在《好色五人女》中对这个角色进行了再创作，使其闻名。从此阿七成为多见于文学、歌舞伎、文乐等艺术形式的主人公形象。
[②] 江户时代的货币单位，一贯文等于一千文，约合现代的两万五千日元。

幽霊の観世物

幽灵棚子

见了吊在地狱之门上的人头，又见了树下跳舞的骷髅，有冥河不舍昼夜，又有满池血水……

长助靠有若无燃着的"鬼火"，向前走了西三间远，却被什么东西拉住了袖子。只见路边有间小茅屋，从茅草间伸出一只细细的满是鲜血的手。长助心想，肯定是装了发条。他甩开被扯住的袖子，却好像踩到了一个人。黑暗中仔细一瞧，只见路中间横躺着个孕妇。那孕妇半裸着，露出雪白的肌肤，仰面朝天，脖子和肚子上缠着大蛇。

一

　　七月七日,记得是一个梅雨季后的炎热傍晚。那时我在银座的报社上班,回家顺路经过银座的地藏菩萨市集。那个时代还没有电车,从尾张町的里弄到三十间堀的河岸一带,有许多露天摊位。河岸边多是些棚子和园艺铺子。

　　棚子展出的基本是舞剑、大蛇、轱辘首①等。我穿梭在拥挤的人群中,在一家河岸边的棚子前立定,正茫然看着轱辘首女孩脸的展板,有人默默地拍了拍我的肩膀。回头一看,半七老人笑嘻嘻地站着。身穿西装的年轻人,张嘴看着轱辘首的展板,想来不是什么好看的画面。我这副样子不经意间被老人看到,不禁有些脸红,慌忙打招呼。老人说,去给住在京桥一带的熟人送中元节的谢礼,正在回去的路上,如此站着说了两三句话才别过。

　　其后过了四五日,我也带了中元节的谢礼,去老人在赤坂的家中拜访,于是从银座的市集说到棚子,又说起轱辘首。

　　"都说世道变了,可是这些棚子的类型倒是没变呢。"老人说,"轱辘首的棚子,是江户时代剩下的东西,却至今还在,真是让人感到不可思议啊。就像我之前跟你说的冰川的披肩蛇故事,这些东

---
① 脖子很长的怪物。

西若细究其真面目，恐怕都是假的吧。但人所谓的好奇心就是如此，明知道会上当受骗，还是会付钱参观。那些走街串巷做棚子的、算命的，就是看准了这点吧。棚子的种类虽多，但常常流行于江户时代的，当数怪物和幽灵这两类。

"无论怪物还是幽灵，都是差不多的东西。和其他棚子一样，怪物和幽灵棚子不是单纯陈列展览，需要先付门票钱。棚子有个阴暗狭窄的入口，通过入口，是依旧阴暗狭窄的小路，沿着小路无论向左还是向右走，都能到达出口，期间会遇上各种各样的恐怖情景——柳树下站着满身是血的女鬼，只剩半个身子的男鬼从竹林里现身；想渡过小河，却见里面蜿蜒着许多小蛇，烧酒火[①]像鬼火一样闪烁；路很窄，人必须从幽灵间穿过，路中间却爬出一只大蟾蜍，或者滚过一个血淋淋的人头，即便不情愿，也得从上面跨过去。虽然心里清楚这些都是假的，但毕竟都是些让人心生不快的事物。

"可是，就如同前面所说的，或许是出于好奇心，又或许是越害怕越想看，这类棚子总是很受欢迎。还有一点，这些棚子大多有奖品。能顺利从幽灵棚子里出来的人，能得一反[②]浴衣面料，或两块手帕。因此也有人为了奖品去闯幽灵棚子。"

"若能顺利通过，真的会给浴衣面料或手帕吗？"我问道。

"给是给的，"老人笑着点头，"就算是江户时代的幽灵棚子，也不能言而无信。要是敢乱来，棚子非让人给掀翻不可。只不过大多数人没法走完全程，基本会中途折返。这是因为，刚进去遇到的鬼怪还不算什么，越接近出口就越可怕，最终都受不了，逃了出去。说自己走完全程拿到奖品的，多半是托儿。有人听到别人走完全程，

---

① 歌舞伎常用的小道具之一。将浸过烧酒的布点燃，火苗呈青色，多用于表现狐火或鬼魂等。
② 日本旧时的布料面积单位。一反为做一件成人衣服的大小。宽度约1尺，长度约6—8尺。

就来了兴致,觉得自己也可以,一鼓作气地去了,多半中途就惊叫着逃出去,白白付了门票钱。不过,受想看可怕事物的好奇心和欲望驱使,真是没有办法啊。

"关于幽灵棚子,有这样一则故事。幽灵棚子多在夏秋之交出现,寒冬似乎就没有了。就像戏剧中和怪谈有关的狂言①,也只在夏天或秋天出现。这个故事发生在安政元年②的七月末。我跟你说过《正月的绘马》吧?那是发生在淀桥的水磨坊里的故事。水磨坊的事发生在安政元年的六月十一日,这事则发生在后一个月的下旬,记得是二十六七日左右。

"那时的浅草仁王门附近就有幽灵棚子。那类棚子设计得很巧妙,有两个出口。道路中途分岔,从右边走没那么可怕,但相应地不会得到奖品。从左边走会遇到各种恐怖的事物,但若能无事通过,就会得到奖品。因此无论胆大胆小,都有路线可走,女人、小孩也能进去参观。其中就有个女人,被幽灵吓死了,由此引起轩然大波,且听我细细道来。"

死去的女人,住在日本桥的材木町一个俗称杉之森新道的地方,名叫阿半。阿半这个名字听起来很年轻,实际却有四十四五岁。阿半是照降町一家叫骏河屋的木屐店的前老板娘,照降町多木屐店和雪踏③店,骏河屋算是其中的老字号,生意很好。

骏河屋的男主人仁兵卫八年前去世,没有子嗣,只收养了个叫信次郎的外甥作养子。仁兵卫去世后,先由老婆阿半继承家业,三

---

① 日本古典戏剧形式。

② 即1854年。

③ 用稻草芯和竹皮编的草鞋,底部缝上皮,起防水的作用,经久耐穿。

年前阿半将店铺交给养子信次郎，自己隐居在附近的杉之森新道。

阿半死的那日，对女佣说去浅草拜观音，于四时（上午十点）左右出了家门。因为阿半独自出门，女佣也不太清楚她的行程。大致是先去拜了观音，吃过午饭，又去奥山[①]一带游玩，之后去了仁王门附近的幽灵棚子。尸体被发现的时间是暮七时（下午四时）左右。

下谷通新町有个叫长助的年轻木匠，为了奖品鼓足勇气去了幽灵棚子。见了吊在地狱之门上的人头，又见了在树下跳舞的骷髅，有冥河不舍昼夜，又有满池血水……他终于越过这些难关，来到岔路口。

长助本就是奔着奖品来的，毫不犹豫地选择了左边，本来就黑的小路，变得更加晦暗不明。长助靠若有若无燃着的"鬼火"，向前走了两三间远，却被什么东西拉住了袖子。只见路边有间小茅屋，从茅草间伸出一只细细的满是鲜血的手。长助心想，肯定是装了发条。他甩开被扯住的袖子，却好像踩到了一个人。黑暗中仔细一瞧，只见路中间横躺着个孕妇。那孕妇半裸着，露出雪白的肌肤，仰面朝天，脖子和肚子上缠着大蛇。

"哼！我怎么会被这种东西吓到，我可是江户子。"长助为了壮胆，故意大声说道。

这时，又有什么东西轻抚长助的面颊，长助大惊，抬头一看，是只大蝙蝠展翅悬在半空。再向前行，又有什么抓住了他的发髻。长助心想："啊，这次又是什么东西？"只见树枝上有只像猴子的怪物，露出獠牙，伸出长着长指甲的爪子。

"来吧，是鬼是蛇都给我过来！我阿长宁死也不走回头路！"

[①] 位于东京都台东区浅草二丁目，是对金龙山浅草一带的俗称，那里以娱乐和游艺区著称。

长助心一横，继续前行，只见眼前有棵柳树，隐约能看见树下有个流灌顶①。这一带尤为阴暗，昏暗之中出现了一个女人的幽灵。幽灵披头散发，怀里抱着婴儿，不知道是个什么吓人招数。幽灵伸出一只手，对长助招手。

"干……干什么？我可没干什么要被你找上门的事！"长助又是一声怒喝，声音却有些颤抖。

道路狭窄，幽灵就在路中央。再怎么不情愿，也得推开幽灵才能往前走。长助犯了难，但还是决定眼也不抬地向前冲。那幽灵似乎要躲开长助，轻飘飘地动了。咱们走着瞧吧，长助心中思忖。正得意时，脚下突然被什么东西绊了一下。是一个人——一个女人。

长助被女人绊倒，不由得膝盖跪地，听到女人似乎在低声说着什么，然后紧紧地抓住了长助。长助大惊，拼命想要挣脱，女人却怎么也不肯放手。长助拼命对着女人一顿乱打，总算摆脱了对方的纠缠。如此一来，再没了继续向前的劲头。他慌忙折返，逃了出去。

逃到入口，长助对门口当班的人怒吼："太卑鄙了，居然作弊！拿活人装鬼吓唬人，快，退钱！"

退他票钱倒在其次，但若幽灵棚子承认其中有诈，这生意就没法做了，门口当班的人自然不肯。口说无凭，只好先去实地看看证据，于是长助和当班的进了幽灵棚子。果然见柳树下躺着一个女人。既不是人偶，也不是机关，确实是真人，当班的也吓了一跳。

幽灵棚子里死人了，肯定会影响生意，但不可能隐瞒不报，事件由此浮出水面。

---

① 为溺水及难产而死的人所做的祭奠仪式。形式为将幡或佛塔放到水中。

二

女人把长助绊倒时似乎还活着，但被发现后抬出幽灵棚子，等医生赶到时，已经完全没了气息。医生也无法辨明死因，说可能是惊吓过度，导致心脏受损。捕吏也来看过，见女人尸体上没有可疑的迹象，既没有伤口，也不像被投毒。

幽灵棚子和其他畸形秀不同，若一下子放太多人进去，就会没那么恐怖。入口处会分批放人进去，死去的女人是在长助之前进去的。女人之后进去的是一个年轻的男人。再之后是同行的一对男女。这三人都选了右边的路，平安出来了。三人之后进去的便是长助。这样想来，应该是那个女人胆子大，自己选择了走左边，被怀抱婴儿的幽灵吓死了。

此事发生在浅草寺境内，因此归寺社方管。案件看起来不像他杀，女人应该是被幽灵吓破胆而猝死的，看起来没有疑点，便草草结案了。

意外的是，女人的身份很快被查出来了。那日，骏河屋的养子信次郎为了生意的事，也去了浅草的花川户。回家路上，听说有个女人在幽灵棚子里被吓死了，当时信次郎还没想到是自己的养母。回到照降町店里，养母的女佣傍晚时来了，说夫人还没有回来。早上就去拜观音，天黑还没回来着实奇怪。信次郎就差自己店里的一个年轻伙计，带着小学徒，大海捞针地去浅草观音一带找。

店里的二人出门后，年轻的主人信次郎突然想起今日路上听到的幽灵棚子一事。怕有什么闪失，又遣领班和伙计去幽灵棚子找，结果得知那个死去的人居然真的是养母阿半，于是赶紧将遗体领回来。后来过了三日，骏河屋为阿半举行了盛大的葬礼。

这年夏季过后不怎么热，进入八月，早晚都会吹凉风。八日早上，半七手下的松吉来到三河町的半七家里。

"老大，有没有什么事情做？"

"最近好像很闲啊，"半七笑道，"稍微休息一下好了。再来一桩上次淀桥那样的事[1]，可让人吃不消。幸次郎身体怎么样了？"

"托您的福，身上的伤一天天好起来了。天再凉些，应该能下床了。昨天我去扫部宿[2]的当铺办事，正好来了个下谷通新町叫长助的木匠，给当铺干活儿。聊了几句得知，那木匠在浅草的幽灵棚子里，发现了个死了的女人，女人是照降町骏河屋的前老板娘。长助是个年轻的家伙，嘴上逞强，其实心里怕得很呢，当时要是有什么差池，说不定就跟着女人一起吓死了。"松吉笑道。

"嗯，这事我也听说了。"半七点头，"那么，幽灵棚子关门了吗？"

"没有，还照常开着呢。可能是疏通了关系吧。真是看不懂世人啊，本以为听说幽灵把人都吓死了，可能都不敢去了。结果那幽灵棚子反而因此火了起来，每日生意兴隆。真是塞翁失马，焉知非福啊！"

"那么，长助那家伙还说了些什么？"

"可能有些添油加醋，大致就说了这些。"松吉的报告如同前文所述。

---

[1] 故事《正月的绘马》中，半七与幸次郎在淀桥一带遭遇爆炸，幸次郎身受重伤。
[2] 地名，位于东京都足立区千住町。

听完，半七略想了想。

"虽不知那前老板娘是个什么样的女人，但会去拜观音的，应该不缺钱吧？"

"应该是这样，女人自己去拜观音，怎么可能稀罕幽灵棚子送的那点儿奖品呢？"

"说起她自己出门，那个前老板娘是自己走了左边，对吗？既然看起来不像是稀罕奖品的样子，那她是特别要强的女人吗？"

"从大家出来的老板娘，自然不会是贪图奖品的人。可能棚子里太黑，因为害怕就不知所措，把左边和右边搞错了，结果走反了方向——传闻都这么说。本想着见识一下恐怖的东西就进去了，结果发现比想象中还要恐怖，都神志不清了。"

"要这么说的话，那就没什么道理可讲了……"半七一副不以为然的样子，"我说，阿松，或许会白费工夫，你先帮我查查骏河屋。"

从半七处得了令，松吉速速去了，又在那日点灯时回来："老大，全弄明白了。"

"哎呀，辛苦了。那么，那个前老板娘几岁了，是个什么样的女人？"

"叫阿半，四十五岁。八年前丈夫死了，三年前起，隐居在杉之森新道，和一个叫阿岛的女佣生活。据说骏河屋给的钱多，阿半日子过得相当奢侈。是个年过四十还水灵灵的、身量有些高大的女人，平时打扮得很清爽。"

"骏河屋的养子又是个什么人？"

"养子叫信次郎，今年二十一岁。是过世的男主人妹妹的儿子，也就是男主人的外甥。上一代店主人夫妇没有孩子，就在信次郎十一岁时，收他做了养子。信次郎十三岁时，上一代男主人死了。

因为年纪尚幼，就先由养母阿半做监护人。在信次郎十八岁的秋天，阿半把店铺让给了他。十八岁也还年轻了些，但店里有个叫吉兵卫的领班，算是半个监护人，店里的生意就很平顺地做到如今。年轻的主人信次郎，是个长得白净的老实男人，附近的年轻女人对他评价很高。"

"信次郎还是单身吗？"

"就因为单身，长得好、有身家，还正当好年龄，据说有两三家人提过亲。但可能是没有缘分吧，都没成，到现在还是单身。不过没有什么纵情酒色的传闻。"

"阿半是个年过四十还水灵灵的女人，没有什么艳闻吗？"

"这个嘛，老大。"松吉屈膝上前一步，"我为了求证这点，去哄那个叫阿岛的女佣，想问问情况，谁知那女佣是新来的，三月才住过去，不太知道他们家的事。只听女佣说，隐居的阿半每月必定会去给死去的丈夫扫墓，必定会去浅草拜观音，还去深川的八幡（神社）拜神。当然，这些都是信仰，没什么可说的。此外，有些时候还说会去亲戚家之类的，总之外出得很频繁。未亡人总是出门，好像不太好啊。说不定其中有什么蹊跷。"

"或许是吧。"半七点头，"三年前的话，阿半就是四十二岁，养子十八岁。就这么把店铺让给养子，好像有点儿太早了。说不定是因为留在店里，有什么不方便的，名为隐居，其实是分居吧。阿半住在别处，就能随便出门。肯定有相好。那，我再确认一次，阿半进了幽灵棚子，后面又去了个年轻的男人，其后是一对男女，再后来是木匠长助……这个顺序没错吧？"

"是的，是的。"

"在阿半之前进去的是什么人？"

"不知道,长助也不知道,我查一下吧。"

"你把在阿半之前和之后进去的家伙全都查清楚。把他们的情况,从年龄到人品样貌,尽可能详细地打听清楚,不要有遗漏。"

"明白了。只要稍微吓唬一下幽灵棚子当班的那些家伙,就全都一五一十地说了。"

松吉领了任务,前脚刚走,后脚善八就来了。

"噢,来得正巧。我找你也有事。"

"刚才在外面碰到阿松,说是要去浅草的幽灵棚子……"

"没错,幽灵棚子那边就拜托阿松了,照降町那边你去调查。"

从半七这里得了调查的方案,善八也急匆匆地去了。

三

幽灵棚子一事归寺社方管,半七翌日早上去了八丁堀的同心的宅邸,报告了自己对此案的了解,也托同心和寺社方通气。寺社方没有捕吏,因此若得了寺社的允许,町上的捕吏便可介入,无障碍地行动。把这些手续办妥,半七又去了北千住的扫部宿。

这日从早上起就是阴天,比前几日更凉快。走过千住的驿站,走到长桥,荒川的秋水冷冷地流着。走到扫部宿,一问就找到了叫丸屋的当铺。这家店虽说是当铺,但也是半个农家,看起来家底殷实。店里有两处房子正在整修,有些木匠和泥瓦匠在。

"喂,阿长来了吗?"半七对那里的一个木匠的小学徒问道。

"是的,阿长在那边。"

小学徒环视四周,指着一个年轻的男人说。只见一个二十三四岁的手艺人,没穿半缠[①]工作服,只穿着浴衣,无所事事地站在猫柳树下,看着别人干活儿。仔细看,他的右手缠着白布,脸上也有两三处擦伤。似乎因和人打架,右手受了伤,今天不能干活儿。

"你就是木匠阿长吗?"半七上前招呼道。

"啊,是的。"长助回答。

[①] 羽织样式的短上衣。有些印有名字和商号,多为工匠、手艺人穿的衣服。

"前天我这里的松吉碰到你，听你讲了浅草的事……"

长助的脸色瞬间变了，似乎有些害怕地盯着半七。他知道松吉是干什么的，因此大抵能想象出半七的身份。即便如此，他似乎害怕什么的样子，还是引起了半七的注意。

"不好意思，能否借一步说话？"

半七和木匠长助走出去七八间远，站在茗荷田边说话。

"你今天休息吗？"

"是的。"长助含糊地回答。

"好像受伤了，是不是和人吵架了？"

"是的，为些小事和朋友……"

手艺人与朋友吵架，实在常见。只是为了这点儿事，长助的脸色就阴晴不定的，又好像害怕什么的样子。半七突然想到了什么："我说长助，你不是和朋友吵架吧？昨天也没工作，对吧？"

长助脸色大变。

"你昨天没工作，去了浅草吧？"半七趁势追问，"你去了幽灵棚子，和对方为什么事争执不下吧？哈哈，是他们不好，仗着人多势众，把你揍了一顿赶出来，真是没有器量。"

被说中了，长助像哑了般沉默着。

"只不过，对方惯于做这种事，不会打一顿就算了。肯定又出来了个和事佬，让你忍一忍吧。给了你一朱银子，对吗？"半七笑了。

长助依旧沉默。

"事已至此，就没必要隐瞒了。你到底对那个幽灵棚子的人说了什么，又是为的什么去找他们？"

"那时候，遇到那种意想不到的事，也给我添了很多麻烦。"长助低声说，"幽灵棚子却为那事生意好起来，每天都有很多人去看。

于是朋友撺掇我，去问他们要钱，终于我也起了这个念头……"

"可是，这就有些说不过去了。去那样的地方，遇到了死人，虽说是你的灾难，但不是幽灵棚子的错。为这个去找碴儿，不就成了敲诈吗？"

半七口中说出敲诈一词，长助终于有些慌了，低眉顺眼不再说话。

"算了，反正今天你休息，正好中午了，去什么地方吃点儿东西慢慢聊吧。"

长助老实地跟着半七，去了大桥边上的一家小饭馆。在能眺望川景的二楼，吃了些味噌烧的鲤浓、鲇鱼煮之类的菜，本性不坏的长助终于都老实说了。

"今日之事可不要对任何人说。"半七叮嘱完长助，二人别过。

半七还想接着去浅草转一下，但又想先等松吉和善八的报告，就回了神田。

虽已经入秋，但八月的白昼还是很长。半七路上又办了两桩事，回家吃过晚饭，去了附近的澡堂。善八碰巧在半七去澡堂时到了，在家中等着。

"怎么样，搞清楚了吗？"半七问。

"大致搞清楚了，"善八一脸了然地答道，"骏河屋的前老板娘有男人。就像阿松说的，她家女佣是新来的，什么都不知道，但我找到附近轿子铺的年轻伙计，都打听出来了。"

"她的男人是什么人？"

"住在茸屋町，一个叫音造的家伙。平时爱赌博，没有正当职业，为人小气。"

"不是吧？"半七自言自语般说。

"不是吗？"

"不，不一定……"半七皱眉思忖，"那，那个叫音造的家伙，经常出入杉之森新道吗？"

"那种人要是经常出入那里，马上就会引起邻人注意。他在深川的八幡前有个姑母，姑母在那里经营一家小山货店。二人就把那家店的二楼，当作相会的地方。音造二十七八岁，不苟言笑，看起来装腔作势的，很讨人嫌。因为和阿半太不相配了，我最初也觉得奇怪，但仔细调查，发现似乎确有其事。"

"骏河屋的少主人完全没有艳闻吗？"

"不，那位似乎也有女人。在两国的茶屋，有个叫阿米的女人。关于那个女人，也有奇怪的传闻，说她不时去偷窥骏河屋。我为了确认情况，也去了两国，喝了本不想喝的茶，发现确实有个叫阿米的，虽然打扮得年轻，但已经有二十三四岁了，比少主人大。我说，老大，说起照降町的骏河屋，可是世间有好名声的店，但这家店前老板娘的情人是个无业游民，少主人的情人是个茶屋的女人。二人的对象都不怎么样啊。"

"就因为如此，才会生出事端。"半七苦笑道，"话说，那个叫音造的家伙怎么样了？"

"皆是因贪欲招致的祸端。音造的情人发生了这般事，自然也断了他的财源。但音造似乎对金钱还是欲求难舍，就在骏河屋为前老板娘守灵的那夜，带着线香盒之类的东西，从后门把领班的吉兵卫叫出去，对吉兵卫说请把这个供在灵前。领班对前老板娘与音造的事略有耳闻，怕收了东西事后麻烦，就说承蒙他的好意，但是不能收。二人正推让之际，信次郎从里面出来了，说不知道有什么理由要从他那里收东西，大声怒骂音造。"

"大声怒骂啊？"半七点头道。

"不知是因为少主人的态度过于激烈,让音造这种浑蛋也只能忍气吞声,还是他怕在那里掰扯会吃亏,总之音造被骂后,就夹着尾巴溜了。别看他表面那德行,原来是个没种的家伙。"

善八轻蔑地笑了。

四

松吉终于也回来了。

据他报告,浅草的幽灵棚子,那日在阿半去之前的一段时间没有客流。在阿半之后进去一个年轻男人,之后是一对男女,再后面是长助,和之前说的完全一样。长助是他们早就知道的,半七听松吉讲另外三人的样貌、年龄、人品,内心不由得暗笑。

"那么,终于到了咱们该出手的时候。棚子看门的认识阿松,阿松不能再出面。善八,你约上阿龟去浅草,绕到棚子后门,看着左右两边的出口。我假装客人,从前门进。其他的就随机应变。你们务必中午左右过去。"

"知道了。"

和善八约好后,他们就分别了。第二日是个大晴天,天气有些热,但正适合遮脸。半七装作为了防晒的样子,脸上搭了个白底帕子,来到幽灵棚子门前。善八和龟吉比他早来一会儿,正装作若无其事的样子看着棚子的招牌。双方自然没有打招呼。半七用眼睛示意,那二人会意,去了后门。

半七付了十六文票钱,装作普通客人,通过入口进了幽灵棚子。在狭窄幽暗的路上,循例看了挂在地狱门上的尸首和骸骨,在岔路口向左走,只见到处燃着青白色"鬼火"。半七也被满是血的细细的手抓了袖子，从怀孕的死尸上跨过，还被大蝙蝠的翅膀拂过面颊。正想着应该就是这里吧，脸上的帕子被什么抓住了。

为了不让发髻散开，半七在发髻和手帕之间别了一根小金属丝，所以手帕比头高出一截。怪物却不知其中机关，只是恶作剧，去取帕子。结果就在长长的爪子勾住手帕时，被半七反手抓住了手。半七用力一拉，只听哗啦一声，一个怪物从树上摔落下来。透过阴影一看，是一只猴子的模样。

"混账东西！"

半七对着怪物的脸就是一顿打，怪物发出一声惨叫，半七继续打了两三下。

"什么东西！你这家伙，装成怪物，真是不老实。那边的幽灵也出来。我是捕吏半七，你们一个都别想跑。"

听说捕吏来了，猴子般的怪物瑟缩起来。柳树下站着的幽灵也不由得膝盖跪地。前面的草丛和竹林的阴影中，也有声音作响，可能是扮成幽灵的同伴藏了起来。

若能平安通过左边的路，便能得到奖品。幽灵棚子靠奖品吸引客人，但若为赚十六文票钱，反被客人拿走奖品，棚子得不偿失。因此，左边路上的怪物中，除了人工做的机关，也掺杂着真人扮的幽灵或者其他怪物。总之，幽灵棚子就是要使用种种手段将客人吓退。半七早就知道那个时代的棚子中有这种事。

"你是猴子吗，叫什么名字？"

"我叫源吉。"十三四岁的小学徒战战兢兢地回答。

"那边的幽灵又是什么人？"

"我叫岩井三之助。"幽灵的声音细细的——他在两国的百日剧团[1]里扮女性角色。

"设这种骗局,你们真是不老实的家伙!"半七呵斥道,"接下来我问什么,你们都要老实回答,不然的话,对你们可没好处。"

"是。"

源吉和三之助诚惶诚恐地回答,半七在路旁的石头上坐下。

"上个月末,照降町骏河屋的前老板娘死在这里。你们是不是做了什么坏事?是不是恶作剧把她吓死了?不要隐瞒,从实招来!"

"不是的,不是的。"二人齐声回答。

"那是谁杀的?"

二人对视一眼。

"快,老实说。不老实说的话,人就是你们杀的。你们以为杀了人就能这么算了吗?都跟我走一趟。"

半七双手抓住他们就要往外走,他们哭喊道:"大人,饶了我们吧!我们招,我们招。"

"肯定招吗?"半七抓住二人的手略松了松,"在你们说之前,先听我说说看。那个女隐士是和一个年轻男人来的吧?"

"正如您所说,"三之助回答,"女隐士说很可怕,不愿意走这边,但还是被男人硬带了过来。"

"原来如此。之后又来了一对男女。先来的男人,加上后面的二人,这三个人中是谁杀了女隐士?恐怕不是第一个男人吧?是不是后来的男人杀的?"

"是。"三之助战战兢兢地回答。

"你们这些家伙,在这里什么都看到了吧?后进来的男人为何

---

[1] 日文作"百日芝剧",江户时代走街串巷的小型剧团,因对外仅可演出一百天而得名。

杀了女隐士？"

"我抓了一下女人的发髻，女人'啊'地尖叫，紧紧抱住男人。"源吉解释道，"男人说，怕什么，就搂着女人往三之助的方向走。"

"我对女人招招手，女人又是一声尖叫，紧紧贴在男人身上。"三之助接过话说，"那时，后来的男人跑过来，用一个类似锤子的工具，对着女人的发髻附近敲了下去。光线很暗，我看不真切，但女人无力地倒下了。看到这个情景，两个男人边小声说着什么，边走了。"

"后进来的女人呢？"

"后进来的女人只是远远看着，也跟着默默走了。"

扮成鬼怪的人眼见发生了杀人事件，却没有对外说，是怕棚子的秘密败露。若被世人知道幽灵棚子里有真人扮鬼，生意就全黄了。他们无法预料会被如何追责，因此装作不知。

"好，我大致知道了。回头还会来找你们，到时候你们要如今日一样，老实回答。"

半七对二人如此交代，从左边的出口出去，龟吉正等在那里。

"老大，怎么样了？"

"已经弄清楚。现在我要去八丁堀，将今日之事的始末告知那边的大人。还有很多事要安排。"

善八也过来了。

"杀骏河屋女隐士的有三人，"半七边走边低声说，"年轻男人就是骏河屋的养子信次郎。从年龄和样貌描述看，绝不会有错。女人就是之前提到的茶屋的阿米。还有一个男人不知道是谁。"

"不是音造吗？"善八问。

"好像不是。幽灵棚子的人说年龄在四十岁左右，看起来身强体壮。阿米有没有兄弟或叔父之类的？总之是那人下的手，不能让他逃了。信次郎和阿米随时可以抓捕,但首先要控制那个下手的人。"

"那,我们马上调查。"

"嗯,注意一下阿米的亲戚中,有没有人做木匠。下谷的长助也是木匠,但不是他干的。"

"小的明白,今晚就查。"善八附和道。

半七和两个手下半路分开,去了八丁堀。

夕阳西下,凉风又起。已经到了睡觉时不小心就会着凉的时节,半七在四时(晚上十点)的钟敲响时睡下,半夜却有人敲门,接着松吉跑了进来。

"老大,出大事了。骏河屋的信次郎被杀了!"

"骏河屋的被杀了?!"半七一惊,跳了起来。

"人还没死,但据说不行了。"松吉解释道,"说是今夜过了四时,和一个叫清五郎的男人一起……在哪里喝酒回来,醉醺醺地经过亲父桥,桥下的柳荫里突然跳出来一个男人,对着信次郎的肚子就是一下……"

"对方是谁?是那个叫音造的家伙吗?"

"是的,音造刺完人就跑了,和信次郎同行的清五郎立马去追,对方拼命挥着匕首反抗,结果清五郎的右手被砍了一下。清五郎大叫'杀人了杀人了',附近的人闻声赶来,终于把音造制服了。信次郎被送到骏河屋,医生也赶来抢救,但因为伤口太深,听说无力回天。"

"同行的清五郎是什么人?"

"好像是两国的木匠。据他在自身番里所说的,骏河屋要增建房子,为商量这事,清五郎和信次郎二人在两国那边喝酒。喝完酒,清五郎送骏河屋的少主人回照降町。"

半七觉得很是棘手，不由得咋舌道："哎呀哎呀，真是半路杀出个程咬金。那个清五郎还在自身番吗？"

"清五郎伤得不重，伤口已经处理了，还在自身番。毕竟是杀人的大事，八丁堀的大人应该去了，住吉町的捕吏应该也去了。"

此处发生的案件，归住吉町叫龙藏的捕吏管。有龙藏出面，半七不好贸然踏入他人的地盘。从同行的情分来说，也应该将功劳分对方一半。

"那，你再去一趟亲父桥，跟龙藏传个话。就说那个叫清五郎的是重要的犯人，不能让他跑了。我明天早上再去，务必把人看好了。音造是杀人犯，那个制服音造的清五郎也是杀人犯。别不小心让人跑了。知道了吗？一定要好好地把话带到。"

五

"听到这里,你应该都明白了吧。"老人说道,"如前所述,一开始是女隐士阿半进了幽灵棚子,接着进去的是养子信次郎。之后是木匠清五郎和阿米。信次郎抱着阿半,从后面用锤子敲阿半头的人是清五郎。"

"可是,为何要杀阿半呢?"我问。

"无非是世人常说的色与欲罢了。阿半和信次郎,名义上是舅妈与外甥,但并无血缘关系。阿半三十来岁就死了丈夫,信次郎十七八岁时,二人就有了不正当关系。若同住一个屋檐下,不便掩人耳目。阿半就将店铺让给信次郎,自己隐居到杉之森新道。有时信次郎去阿半住处,有时二人约好在外面碰面。若一直能这样倒也罢了,结果阿半多了音造这个相好,信次郎也有了阿米。于是就埋下了祸根。"

"阿半为何要同那种地痞流氓来往呢?"

"此事也有不得已的缘由……阿半和信次郎去参拜深川的八幡神,之后去了小饭馆,碰巧在那里遇到了音造,二人的秘密就这样被音造察觉。说起照降町的骏河屋,可谓无人不知、无人不晓。结果被音造这种心术不正的人,发现这家的女隐士居然与养子私通,岂不是落人把柄?但骏河屋素日人来人往,音造不能去店里,就去了阿半在杉之森新道的隐居处。最初只是讹些钱财,去得多了,就起了色心。这也是那类家伙常用的手段,一旦和女人有了这层关系,要做什么事,就更方便了。阿半有把柄在人手上,因此无可奈何,虽不情愿,但只好音造说什么都听着。

"这件事,自然被信次郎发现了。信次郎因为同样有把柄在音造手上,因此面上既不好责难音造,也不好埋怨阿半。但他心里不痛快,对阿半也有几分怨怼的意思,于是去两国的茶屋,交了阿米这个新欢。此事也被阿半知道了,阿半且不说自己这边有相好,只一味地指责信次郎。信次郎便拿音造一事责问阿半。如此纠缠不清,必然引起一番混战。所谓祸不单行,阿米的叔父清五郎,不是个正经人,他看准了阿米的情人是骏河屋的少主人,想让她筹谋嫁入骏河屋。事情至此,就不好收场了。

"阿半只是名义上隐退,因信次郎是养子,骏河屋的一概田产房舍,尚未归信次郎所有。阿半断然不肯让阿米嫁入骏河屋。因此,阿半不死,事情便没有转圜的余地。若是以前的信次郎,绝不会有这般歹意,但如今的信次郎,一则对音造之事妒火中烧,二则被清五郎煽风点火,终于对自己的舅妈起了杀心。他人虽年轻,但人性容易迷失,实在恐怖。

"事情进展到要如何料理阿半,他们看中了那在浅草评价颇高的幽灵棚子。将阿半带到棚子,在里面杀了,是清五郎的主意。信次郎那日和阿半约好在浅草见面。信次郎说要先去花川户的同行家一趟,于是阿半先去参拜观音,二人之后碰面。二人平时见面的地方基本固定——先在浅草一带的小饭馆二楼消遣到午后,再去仁王门前的幽灵棚子游览。阿半说害怕幽灵棚子,信次郎却再三劝诱。二人同时进去,恐惹人耳目,因此让阿半先进去片晌,信次郎后去。

因事先商量好了,清五郎和阿米尾随其后。阿米没有下手,但是为了让棚子看门的放松警惕,他们一行特地带了女人同去。

"阿半怕鬼,半路要走右边的路,心怀鬼胎的信次郎硬是带她走了左边。阿半吓得缠住信次郎。清五郎瞅准这个时机,用锤子重击阿半的头部……"

"杀了阿半的三人,不知道鬼怪皮下有真人吧?"

"算他们运数已尽,"老人笑了,"三人毕竟都是外行,并不知道这类幽灵棚子的秘密。做梦也没想到,树上的猴子、柳下的幽灵,竟然都是大活人,就这么满不在乎地在活人面前杀了人。只是,就如同前面所说的,猴子和幽灵也有自己的秘密。眼见面前有人杀人,却不能说给外人听。这就遂了那几人的意。阿半的死因被判定为鬼怪吓的,平安无事地收了尸,举行了葬礼。那帮恶人肯定自以为得逞了,很是得意,但往往事情太顺,就没好事。"

"听你刚才这样讲,为何最初就盯上了骏河屋的信次郎呢?是不是有什么线索?"

"也算不得线索,只是有一点让人在意——阿半回去得晚,店里的年轻伙计去浅草找人。之后信次郎想起路上听说的幽灵棚子里死了个女游客的事,就派领班去找,结果竟真的是阿半。虽然不能断定绝无这样的巧合,但我听闻此言时,便觉得信次郎奇怪。养母回家晚了,就想到在幽灵棚子里吓死的女人,脑子有些过于灵光了。他本人说是那日去花川户,听到了这桩事,我不由得怀疑,是不是并非听到的传闻,而是原本就什么都知道。

"还有一件事,前老板娘阿半为何会独自一人走左边的路?要是有人同去也就罢了,一个女人,不走右边,偏去了左边,多少让人感到不可思议。就算迷了路,总不至于分不清左右。我不由得想,恐怕是被别人带上了左边的路吧。再加上那日信次郎也去了浅草，就更觉得奇怪了。再细查下去，那日在阿半之后进去的年轻男人，无论年龄还是样貌，都像信次郎，就大致有数了。"

"杀了阿半的木匠，用的是锤子吗？"

"是的。若是一时愤怒杀人，通常手上有什么就用什么。但若事先计划杀人，肯定会用平时就称手的家伙。用锤子杀人，固然不留痕迹，但想来应该也是平日用惯了的工具。据清五郎本人供述，才知道更惊人的事实。他不光用铁锤敲了阿半的头，还准备了长铁钉，敲进阿半头颅深处。放到今日，这般伤痕必定会在验尸时发现，但过去却发现不了。和男人不一样，女人的头发多，钉子打得深，被头发藏起来，就不容易看见。只有木匠才能想出这般手法，钉入一根长铁钉，绝不是外行的手法。

"头被钉了钉子，阿半应该即刻就死了。事后缠住长助，有些不合情理。但长助说死者当初确实紧紧抓住了他。这长助，虽然是个手艺人，但意外地胆小。可能是出于内心恐惧，见死尸朝自己倒过来，就以为是对方主动缠了过来。

"我去扫部宿时，见长助畏畏缩缩的，便感到奇怪。一问便知他果然去浅草的幽灵棚子敲诈，讹了些钱来。被阿半抓住时，长助虽惊慌失措，但多少还记得周围情形。据他所说，感觉阿半倒下的地方似乎藏了些活人假扮的鬼怪。长助仔细一想，便以为是鬼怪杀了人。我则从一开始就疑心信次郎，所以才水到渠成地破了案子。用干我们这行当的人的话说，可谓歪打正着。只不过想到利用幽灵杀人，算是江户时代的新手。"

"信次郎死了吗？"

"第二日傍晚死了。那日早上，我去了骏河屋，屏退左右，坐在信次郎枕边说，反正你也命不久矣，还是老实地忏悔吧。信次郎也幡然醒悟，就什么都招了。死前还说了些吒语，说养母的亡灵来了。不过信次郎也算走运，如果活着，就成了杀害养母的大罪人，要受磔刑。能死在榻榻米上，也算幸福了。

"音造去杀信次郎，大抵是察觉了真相，想靠和阿半的关系，从骏河屋那里要些钱。领班吉兵卫考虑到人情世故，建议还是给他些钱，但信次郎却怎么也不肯。倒不是心疼钱，而是对音造和阿半的关系深感忌妒，因此信次郎和音造总是谈不拢。由于音造的事亦见不得人，只能打落牙齿往肚里吞。但音造太过不甘心，最终白刀子进红刀子出，杀了信次郎。清五郎为了抓音造，却让自己落了网，可谓冥冥之中，自有天意。

"音造和清五郎自然是死罪，只是阿米早就不见踪影。之后过了七八年，两国一带的人说去拜大山①时，在一家达摩茶店②里，见到了长得像阿米的女人。那时已是江户末期的乱世，对这案子的余波，已经鞭长莫及，最终便这么不了了之。"

---

① 神奈川县的山名。
② 提供卖春服务的店。